HARD CASE

CRIME

In der Reihe »Hard Case Crime« bei Rotbuch sind bislang erschienen:

HCC-001 Allan Guthrie: *»Abschied ohne Küsse«*
HCC-002 Lawrence Block: *»Abzocker«*
HCC-003 Ken Bruen & Jason Starr: *»Flop«*
HCC-004 Christa Faust: *»Hardcore Angel«*
HCC-005 Richard Aleas: *»Tod einer Stripperin«*
HCC-006 Donald E. Westlake: *»Mafiatod«*
HCC-007 Mickey Spillane: *»Das Ende der Straße«*
HCC-008 Ed McBain: *»Die Gosse und das Grab«*
HCC-009 Ken Bruen & Jason Starr: *»Crack«*
HCC-010 Lawrence Block: *»Falsches Herz«*
HCC-011 Max Phillips: *»Tödlich blond«*

Ed McBain

DIE GOSSE UND DAS GRAB

Übersetzt und mit einem Nachwort
von Andreas C. Knigge

HARD CASE CRIME

Rotbuch Verlag

ISBN 978-3-86789-066-3

Deutsche Erstveröffentlichung der Neuübersetzung, 1. Auflage

Titel der Originalausgabe: »The Gutter and the Grave«,
ursprünglich erschienen unter dem Titel
»I'm Cannon – For Hire« von Curt Cannon

Typografie und Satz: Andreas Fack, Berlin
Druck und Bindung: CPI Moravia Books GmbH

Die Reihe »Hard Case Crime« in deutscher Sprache ist eine internationale
Kooperation der Winterfall LLC und Rotbuch Verlag GmbH.

Ein Verlagsverzeichnis schicken wir Ihnen gern:
Rotbuch Verlag GmbH
Neue Grünstraße 18
10179 Berlin
Tel. 01805 / 30 99 99
(0,14 Euro/Min. aus dem deutschen Festnetz,
abweichende Preise für Mobilfunkteilnehmer)

www.rotbuch.de

Die alten, die neuen, sie alle sind jetzt der Liebe meines Lebens gewidmet – meiner Ehefrau Dragica.

1

Mein Name ist Cordell.

Ich bin Trinker. Eins sollten wir vorab allerdings gleich klarstellen. Ich trinke, weil ich trinken will. Manchmal gehe ich in die Knie wie ein nasser Sack, und manchmal bin ich einfach nur ordentlich beduselt und manchmal stocknüchtern – das allerdings recht selten. Für gewöhnlich bin ich betrunken, und ich lebe in einer Gegend, wo es keine Sünde ist, sich zu betrinken, auch wenn man mit der Polizei schon mal Ärger kriegen kann. Ich meine New Yorks Bowery.

Zurzeit wird davon geredet, die Third Avenue umzukrempeln, Eigentumswohnungen hochzuziehen und die Bowery in eine feine und pieksaubere Geschäftsgegend mit hohen Preisen zu verwandeln. Na meinetwegen. Wenn das passiert, dann ziehe ich eben weiter an einen anderen Ort. Für Leute, die vor etwas weglaufen, gibt es immer einen anderen Ort. Ich bin auf der Flucht vor einem Gespenst. Das Gespenst heißt Matt Cordell.

Vor der Cooper Union gibt es einen kleinen Park. Während des Semesters tummeln sich hier eine Menge junger Leute, die Ingenieurwesen studieren oder Künstler werden wollen. Mädchen in mit Farbe beklecksten Kitteln, die hektisch ihre Zigaretten paffen, als wären es ihre letzten Züge, bevor das Exekutionskommando antritt. Es ist nett, den jungen Dingern zuzusehen, denn sie inhalieren viel mehr als den Zigarettenrauch – sie inhalieren das Leben, erbringen ihm ein Brandopfer und genießen dabei jeden Augenblick. Wie großartig es sein muss, das Leben spüren zu können. Während des Semesters gehe ich nie in den Park. Ich komme nur im Sommer her. Dann ist es still hier. Man kann auf einer der Bänke sitzen, das Standbild von Peter Cooper anstarren und ist vor dem Lärm dieser riesigen, pulsierenden Stadt in Sicherheit und für sich allein. Hin und wieder kommt ein Cop vorbei und sagt dir, du sollst verschwinden. Aber meistens sitzt man einfach da und hat inmitten des ganzen Gewimmels seine Ruhe.

Als Johnny Bridges mich hier fand, war ich nüchtern. Ich dachte allerdings gerade daran, etwas zu trinken, denn New York ist im Sommer wahrscheinlich der heißeste Ort der Welt. Keine Ahnung, was gerade dann all die Touristen hier wollen. Es ist kein schlechter Platz zum Leben, aber was zum Teufel will man sich hier angucken? Ich saß in dem Park und dachte an nette kalte Drinks wie einen Tom Collins oder einen Planter's Punch und dann daran, was ich schließlich wohl trinken würde – wahrscheinlich irgendeinen lauwarmen billigen Fusel. In diesem Augenblick tauchte Johnny Bridges auf.

»Matt?«, sagte er.

Zuerst erkannte ich ihn nicht. Um die Hüften hatte er einiges zugelegt, und auch seine Gesichtszüge wirkten schwammiger. Es dauerte eine Weile, bis ich die breiten Schultern, die braunen Augen, die schmalen Lippen und die markant geschnittene Nase unterbringen konnte. Dann tauchte irgendwo aus der Erinnerung sein Name auf, Johnny Bridges, und ich begutachtete ihn mit neuem Interesse. Er war schätzungsweise in meinem Alter, zweiunddreißig oder dreiunddreißig. Ich hatte ihn schon seit zehn Jahren nicht mehr gesehen.

»Matt Cordell?«, sagte er.

»Ja.«

»Wie geht es dir?«, sagte er und grinste. »Du erinnerst dich doch an mich, oder? Ich bin ...«

»Ja«, sagte ich. »Was willst du?«

»Was dagegen, wenn ich mich zu dir setze?«

»Dies ist ein freies Land.«

Er hockte sich neben mich auf die Bank und gab sich alle Mühe, den schäbigen, zerknitterten Anzug, den ich trug, zu übersehen. Ebenso mein verdrecktes Hemd und dass ich mich seit einer Woche nicht mehr rasiert hatte. Auch die rotgeränderten Augen versuchte er nicht zur Kenntnis zu nehmen, aber er schaffte es nicht ganz, seine Überraschung über mein Aussehen zu verbergen und das, was er insgeheim davon hielt. Keine Ahnung, was er erwartet hatte, aber das hier war wohl nicht der Matt Cordell, den er vor zehn Jahren gekannt hatte. Er fingerte nervös in seiner Jackentasche herum, zog eine Packung Zigaretten hervor und hielt sie mir hin.

»Willst du eine?«, sagte er.

Ich zog eine heraus. Er gab mir Feuer, und nachdem er sich selbst eine angezündet hatte, steckte er die Schachtel wieder ein. Er trug einen leichten blauen Anzug und dazu eine rote Krawatte. Ich vermutete, dass er für eine Bank arbeitete oder bei einer Werbeagentur auf der Madison Avenue. Er sah aus wie aus dem Ei gepellt, adrett und frisch rasiert, als wäre er gerade dem *Esquire* entsprungen. Ganz wohl schien er sich an meiner Seite nicht zu fühlen.

»Wie geht es dir so, Matt?«, fragte er.

»Blendend«, sagte ich. »Und dir?«

»Gut. Sehr gut«, sagte Johnny.

»Freut mich.«

»Ja, das ist ...« Er ließ den Satz in der Luft hängen, und eine Weile saßen wir da und schwiegen. Ich gehöre nicht zu denen, die andere drängen. Johnny hatte offenbar nach mir gesucht, und mir wäre es lieber gewesen, er hätte mich nicht gefunden. Falls ihm etwas auf der Seele lag, würde er schon damit herrausrücken. Wenn es nichts zu sagen gab, würde er verschwinden, sobald er seine Zigarette aufgeraucht hatte.

»Ich habe über dich gelesen«, sagte Johnny. »In den Zeitungen.«

»So?«

»Böse Sache,« sagte er. »Ich meine, diese ganze Geschichte. Mit deiner Frau – und dann, dass dir die Polizei deine ...«

»Lass uns nicht darüber reden, Johnny«, sagte ich.

»Nach allem, was ich gehört habe ... Es heißt, du seist ein verdammt guter Detektiv gewesen.«

»Das stimmt wohl«, sagte ich.

»Wenn man einem Mann die Zulassung entzieht ...«

»Dann ist er kein Privatdetektiv mehr«, sagte ich. »Er haut ab in die Bowery. Okay? Können wir damit jetzt aufhören?«

»Das muss ein schwerer Schlag für dich gewesen sein«, sagte Johnny.

»Für jeden Mann ist es ein schwerer Schlag, wenn er mitkriegt, dass seine Frau ihn betrügt«, sagte ich und stand auf. »Mach's gut, Johnny.« Ich wollte gehen, aber er griff nach meinem Arm.

»Nein, warte«, sagte er. »Tut mir leid. Aber ich hatte keine Ahnung, wie sehr dich das immer noch mitnimmt.«

»Das tut es«, sagte ich. Ich log ihm nichts vor, es nagte immer noch an mir. Höllisch sogar, und mir war überhaupt nicht danach, auf einer Parkbank zu sitzen und mit einem Mann darüber zu reden, den ich zehn Jahre nicht mehr gesehen hatte.

»Okay«, sagte er. »Vergessen wir die Sache, okay?«

Fast hätte ich laut aufgelacht. Vergessen! Ich habe fünf Jahre damit zugebracht, genau das zu versuchen. Und nun sagte Johnny Bridges ein Zauberwort, und alles war vorbei. Paff! Johnny Bridges, der Zauberlehrling.

»Was willst du von mir, Johnny?«, sagte ich. »Ich wollte gerade gehen und einen trinken.«

»Ich brauche deine Hilfe, Matt«, sagte er.

»*Meine* Hilfe? Wobei sollte *ich* dir helfen können?«

»Du warst mal ein guter Detektiv ...«

»Das war einmal. Ich habe keine Zulassung mehr. Du sagtest eben, du hast die Zeitungen gelesen. Dann weißt du, dass sie mir die Lizenz entzogen haben.«

»Ja, das weiß ich. Aber trotzdem, du hast Erfahrung ... und du warst gut.«

»Und?«

»Ich ... ich brauche Hilfe, Matt.«

»Denkst du an irgendwelche Ermittlungen?«, fragte ich.

»Ja, so ungefähr ...«

»Dann vergiss es«, sagte ich. Ich wandte mich ab und wollte gehen. Er sprang auf und stellte sich mir den Weg.

»Matt, hör zu ... Natürlich könnte ich einen Detektiv engagieren, nur kann ich mir das nicht leisten.«

»Dein Pech«, sagte ich. »Warum gehst du nicht einfach zur Polizei?«

»Weil ich nicht will, dass das ... Hör mal, kann ich dir die Sache nicht wenigstens erklären? Kann ich es dir nicht einfach mal erzählen?«

»Ich kriege Durst.«

»Gut, ich lade dich auf einen Drink ein. Wirst du es dir dann anhören?«

»Klar doch. Lass uns gehen.«

Wir gingen in eine Bar an der 14. Straße. Ich wollte mit ihm nicht in eine Kneipe in der Bowery, wo die Drinks billiger waren, weil ich mir sagte, dass ihm das wohl peinlich gewesen wäre. In dem Laden, den ich ansteuerte, schenkte man ebenso an Bankdirektoren wie an Herumtreiber aus. Wir setzten uns ganz nach hinten in eine Nische. Johnny bestellte sich einen Gin Tonic. Ich einen Whiskey. Als die Drinks kamen, kippte ich meinen runter und verlangte nach einem weiteren. Den kippte ich ebenfalls runter, und Johnny bestellte mir noch einen und begann an seinem Gin Tonic zu nippen.

»Also, worum geht es?«, fragte ich.

»Ich bin Schneider«, fing er an.

Das hätte mich eigentlich nicht wundern sollen, weil auch sein Vater Schneider gewesen war, aber sein schicker Anzug hatte mich etwas anderes vermuten lassen. Außerdem leben wir in einer Zeit, in der junge Männer nicht gerade die Berufe ihrer Väter ergreifen, den des Schneiders oder Bäckers oder Schusters. Darauf muss man erst einmal kommen heutzutage.

»Ich betreibe mein Geschäft zusammen mit einem Bekannten. Immer noch in der alten Gegend. Vielleicht erinnerst du dich an Dom Archese?«

»Nein, an den kann ich mich nicht erinnern.«

»Wahrscheinlich weil er älter ist als wir. Er hing immer mit Frankie Di Luca herum, diese Clique. Dom ist ein feiner Kerl. Verheiratet, gesetzt, ruhig, du weißt schon. Aber ...« Er hielt inne und schüttelte den Kopf. Es war still in der Bar, nur der riesige Ventilator über uns ächzte. Gegen die Hitze konnte allerdings auch er wenig ausrichten. Selbst in seinem leichten Anzug hatte Johnny Bridges angefangen zu schwitzen.

»Hast du Ärger mit Dom?«, fragte ich. »Ist es das?«

»Ich weiß es nicht, und genau das ist das Problem. Er ist wirklich ein feiner Kerl, Matt, ehrlich bis auf die Knochen. Als wir anfingen, hatte er keine Ahnung, wie man eine Schneiderei führt. Ich habe das von meinem Vater gelernt ... ich denke, du erinnerst dich noch an ihn.«

»Ja.«

»Dachte ich mir. Aber Dom hatte keinen blassen Schimmer. Er hatte gerade geheiratet und war auf der Suche nach einem guten, soliden Job, also fragte er mich, ob ich einen Partner gebrauchen kann. Ich habe das Geschäft von meinem Vater übernommen, als er starb.«

»Verstehe. Daraufhin hast du Dom mit reingenommen, richtig?«

»Genau. Obwohl ›reingenommen‹ nicht ganz richtig ist. Er hat sich eingekauft. Das Geschäft lief gut, mit einem beständigen Kundenstamm. Deshalb kam mir ein Partner sehr gelegen. Die Arbeit wuchs mir einfach über den Kopf. Erst kürzlich mussten wir noch einen Bügler einstellen. Dom war von Anfang an eine Entlastung. Auch wenn er bis heute nicht selbst schneidert, so etwas lernt man schließlich nicht über Nacht. Aber er kann großartig mit Kunden umgehen, er bügelt, und eines Tages wird er auch noch das Nähen lernen. Allerdings ist in dieser Hinsicht nicht allzu viel zu tun. Die Hauptaufgaben eines Schneiders sind heutzutage vor allem das Reinigen und Bügeln. Nur ab und zu noch ändert man etwas ab oder muss mal etwas flicken. So ist das heute eben.«

»Und dieser Dom Archese – heißt er Dominic?«

»Ja, Dominic. Aber jeder nennt ihn Dom.«

»Also, dieser Dom Archese ist verheiratet und hat sich bei dir eingekauft, weil er auf der Suche nach einem sicheren und soliden Job war und etwas Geld hatte, das er investieren konnte.«

»Fünftausend Dollar«, sagte Johnny. »Das hat es ihn gekostet, Teilhaber zu werden. Wahrscheinlich hätte ich mehr verlangen können, aber ich war auf der Suche nach jemandem und froh darüber, ihn zu bekommen. Er ist ein feiner Kerl.«

»Das sagtest du schon.«

»Es stimmt auch.«

»Was also ist das Problem?«

»Ich weiß es selbst nicht. Dom ist nicht gerade ein reicher Mann, weißt du? Die fünf Riesen waren wahrscheinlich seine gesamten Ersparnisse. Er besitzt ein paar Pfandbriefe von der Regierung und hat vielleicht auch noch etwas auf der Bank. Und eine Versicherung, damit Christine abgesichert ist, falls ihm etwas zustoßen sollte – was Gott verhüten möge.«

»Christine? Ist das seine Frau?«

»Ja. Was ich eigentlich sagen will, ist, dass er nicht gerade im Geld schwimmt und vielleicht finanzielle Schwierigkeiten hat oder so was. Keine Ahnung. Jedenfalls wäre das für mich die einzige Erklärung ...«

»Erklärung für was?«

»Für die Diebstähle«, sagte Johnny.

»Jemand hat etwas gestohlen?«

»Ja«, sagte Johnny. »Aus der Kasse.«

»Wie viel? Größere Summen?«

»Nein, das ist es ja. Es handelt sich immer um kleine Beträge. Zehn Dollar. Manchmal fünfzehn. Bis auf das letzte Mal.«

»Wie viel war es da?«

»Fünfzig.«

»Auch das ist keine Riesensumme«, sagte ich.

»Genug, um die Sache ernst zu nehmen«, sagte Johnny.

»Wie viel ist insgesamt gestohlen worden?«

»Zweihundertundfünfunddreißig Dollar.«

»Über einen längeren Zeitraum?«

»In den letzten sechs Monaten, denke ich. Damals fiel mir zum ersten Mal auf, dass etwas fehlte.«

»Hast du Dom darauf angesprochen?«

»Ja. Er meinte, ich hätte mich wohl verzählt. Nachdem

mir ein paar Wochen später zum zweiten Mal auffiel, dass etwas fehlte, habe ich ihn abermals darauf angesprochen.«

»Und was hat er diesmal gesagt?«

»Das Gleiche. Entweder ist Dom ein sehr vertrauensseliger Bursche, oder ...« Johnny zuckte die Schultern. »Ich weiß nicht mehr, was ich davon halten soll.«

»Wer arbeitet sonst noch bei dir?«

»Ein junger Kerl namens Dave Ryan. Er ist unser Bügler.«

»Kann er an die Kasse?«

»Nein.«

»Aber er könnte es, wenn keiner von euch beiden im Laden ist?«

»Nein. Wenn wir weg sind, ist die Kasse abgeschlossen.«

»Also ist er manchmal allein im Laden? Wenn ihr beide unterwegs seid?«

»Ja. Manchmal bügelt er bis in den späten Abend. Ich sagte ja schon, dass wir oft gut zu tun haben.«

»Aber die Kasse ist dann verschlossen?«

»Ja.«

»Und jetzt vermutest du, dass Dom seine Finger hineinsteckt?«

»Es könnte immerhin so sein.«

»Und was willst du jetzt von mir?«, fragte ich.

»Ich weiß einfach nicht, was ich tun soll, Matt. Wie kann ich denn meinen Partner und Freund anzeigen? Wie kann ich zur Polizei gehen? Wenn Dom sich an unserem gemeinsamen Geld vergreift, muss er einen verdammt guten Grund dafür haben.«

»Warum sprichst du nicht mit ihm? Sag ihm doch einfach ...«

»Und wenn ich mich irre? Angenommen, er ist es nicht? Vielleicht schleicht sich ja abends jemand in den Laden und bekommt auf irgendeine Weise die Kasse auf! ... Himmel, ich weiß wirklich nicht, was ich tun soll, Matt! Deshalb bin ich hergekommen und habe dich gesucht. Die ganze Bowery habe ich nach dir durchkämmt. Dann sagte mir jemand, dass ich dich vielleicht in dem Park hier finden würde. Kannst du mir nicht helfen, Matt?«

»Was soll ich tun?«

»Komm mal in den Laden. Sieh dir die Kasse an und die Fenster. Vielleicht steigt ja wirklich jemand nachts ein und kriegt die Kasse irgendwie auf. Ich weiß es nicht, aber du würdest so etwas wahrscheinlich auf den ersten Blick erkennen.«

»Lässt du denn über Nacht Geld in der Kasse?«

»Ja. In der Regel um die fünfzig Dollar. Wechselgeld für den nächsten Tag. Es wäre ziemlich umständlich, das jeden Abend mit nach Hause zu nehmen und am nächsten Morgen wieder mitzubringen.«

»Hm. Also bestünde die Möglichkeit ...«

»Kannst du mir helfen, Matt?«

Ich dachte eine Weile darüber nach. Wollte ich tatsächlich in meine alte Gegend zurückkehren und dort Leuten begegnen, die mich gekannt haben, als ich noch ein Kind war? Jede Straße, jede Ecke würde mich an Toni erinnern. An die erste Begegnung mit ihr, an diese verdammte Begegnung, als sie über die Triborough Bridge von Randall's Island kam, lachend, und der Novemberwind zerzauste ihr blondes Haar, in der Hand die Fahne ihres Football-Teams. Wollte ich, dass diese Erinnerung zurückkehrte und mit ihr all die anderen Gespenster und Schatten, die ich während der letzten fünf Jahre im Alkohol zu ertränken versucht hatte?

»Nein«, sagte ich zu Johnny. »Ich habe zu tun. Ich kann dir nicht helfen.«

»Was hast du zu tun?«, fragte Johnny. Er hielt inne und schien sich die nächste Frage genau zu überlegen. »Dich betrinken?«

»Ja«, sagte ich. »Etwas dagegen?«

»Mir scheint …«

»Mir scheint, du solltest jetzt verschwinden und mich in Ruhe lassen«, fuhr ich ihn an. »Es würde mir wirklich schwerfallen, einem alten Nachbarn die Zähne einzuschlagen.«

»Ganz wie du meinst, Matt«, sagte er und stand auf. Er fingerte etwas Kleingeld aus der Tasche und legte es auf den Tisch. »Wovor hast du Angst?«, sagte er dann. »Vor den Cops? Es wäre ja nicht wirklich ein Fall, den du übernehmen würdest. Du würdest nur einem alten Freund einen Gefallen tun.«

»Seit wann sind wir denn alte Freunde?«, sagte ich.

»Na, hör mal! Wir sind schließlich zusammen aufgewachsen!«

»Das ist noch lange keine Verbrüderung. Geh zur Polizei. Oder such dir einen zugelassenen Privatdetektiv. Ein Trinker aus der Bowery nützt dir nichts.«

»Bist du das jetzt, Matt?«

»Was denn sonst, zum Teufel? Ich treibe mich rum. Matt Cordell, der Rumtreiber. Ich schlafe in billigen Absteigen oder auf Parkbänken, wenn ich mir keine Unterkunft leisten kann. Von vierundzwanzig Stunden am Tag bin ich fünfundzwanzig betrunken, und das Geld für meinen Whiskey bettle ich mir zusammen. Ich bin ein Rumtreiber. Soll ich deshalb vielleicht Halleluja singen?«

Er schüttelte den Kopf und sah mich an. »Ich hätte das nicht für möglich gehalten«, sagte er. »Man sollte nicht glauben, dass ein Mann, der einmal ein ganzer Kerl war …«

»Halt den Mund, Johnny.«

»… wegen einer Frau so zu Boden gehen kann …«

»Halt deinen verdammten Mund!«

»Schon gut. Danke fürs Zuhören, Matt. Ich werde einen anderen Ausweg finden müssen. Vielen Dank jedenfalls.«

»Hör auf, mich so mitleidig anzusehen«, sagte ich. »Darauf kann ich verzichten.«

»Ganz wie du meinst.«

»Ach, zum Teufel, scher dich zurück in die 118. Straße. Wer hat dich überhaupt gebeten, hierherzukommen?«

»Ich brauche dich«, sagte er.

»Na klar ...«

»Ich brauche dich, Matt ... bitte. Kannst du mir nicht helfen?« Er legte seine Hand auf meinen Arm, und ich war noch nie dazu fähig, einem Mann die Zähne einzuschlagen, der plötzlich zu betteln anfing. »Bitte, Matt, ich ... Diese Sache macht mich noch verrückt. Bitte. Hilf mir.«

»Nein.«

»Ich bezahle dich auch. Ich kann zwar nicht viel aufbringen, aber ...«

»Ich will kein Geld.«

»Also hilfst du mir? Bitte ...«

»Himmel, kannst du mich nicht endlich in Ruhe lassen?«, sagte ich.

Plötzlich war es ganz still am Tisch. Johnny starrte mich an. Ich starrte auf meine Hände.

»Kannst du mich nicht in Ruhe lassen?«, sagte ich fast unhörbar. Er antwortete nicht. Er sah mich nur an. Nach einer Weile hob ich den Kopf, und unsere Blicke trafen sich. »Ich ... ich werde mir nur mal die Fenster und die Türen ansehen«, sagte ich. »Und die Registrierkasse. Nur damit du weißt, ob jemand ... ob nachts jemand einsteigt. Aber das ist alles. Ich will nicht ...«

»Danke, Matt«, sagte er.

Draußen war es dunkel geworden. Über dem Fluss waren dicke Wolken aufgezogen und hingen nun über der Stadt, bereit zu platzen. Die Luft roch so, wie sie riecht, kurz bevor ein Gewitter losbricht. In einigen Geschäften brannte bereits Licht, und in den Straßen wurde es immer dunkler. Gleich würde es anfangen zu regnen wie aus Kübeln.

Wir erwischten ein Taxi, und Johnny nannte dem Fahrer die Adresse. Der Schneiderladen lag an der First Avenue zwischen der 118. und der 119. Straße. Es war ein kleiner Laden mit den üblichen Preislisten für das Reinigen von Kleidungsstücken im Fenster, diesen Listen, die aus irgendeinem Grund nie professionell wirken, sondern immer so aussehen, als hätte sie jemand im Keller bei Kerzenschein fabriziert. Auf einem kleinen Schild stand: »Wir schneidern alles in Handarbeit«. An der Eingangstür hing ein schweres Schloss.

»Niemand da?«, sagte ich.

Johnny sah auf die Uhr. »Wir schließen um sechs. Dom ist wahrscheinlich schon nach Hause gegangen.«

»Warst du heute im Laden?«

»Ja.« Johnny zog ein Schlüsselbund aus der Tasche und suchte nach dem passenden Schlüssel.

»Wann?«, sagte ich.

Johnny fand den richtigen Schlüssel und schloss auf. »Ich bin gegen Mittag gekommen und etwa um zwei gegangen. Hab mich auf den Weg gemacht in die Bowery. Um dich zu suchen.« Er stieß die Tür auf und machte das Licht an. Es hatte noch nicht angefangen zu regnen, aber lange würde es nicht mehr dauern. »Da wären wir«, sagte er.

Es war ein Laden, wie man ihn heute nicht mehr oft findet. Dicht am Fenster standen zwei Nähmaschinen, und gegenüber befand sich der Ladentisch, rechts die Registrierkasse. Dahinter eine Reihe Regale mit den gereinigten oder geflickten Kleidungsstücken, die darauf warteten, abgeholt zu werden. Dazwischen ein Vorhang, der einen Durchgang nach hinten verdeckte. Dort musste sich der Raum befinden, in dem gebügelt wurde.

»Da steht die Kasse«, sagte Johnny.

Ich ging hin und sah sie mir an. »Sieht nicht so aus, als wäre sie gewaltsam geöffnet worden«, sagte ich. »Wo ist der Schlüssel?«

Er zog sein Bund hervor und gab mir den Schlüssel. Ich öffnete die Kasse. Wie Johnny gesagt hatte, befanden sich darin etwa fünfzig Dollar in kleinen Scheinen und Münzen. Nirgendwo waren Kratzer oder andere Spuren zu sehen. Ich verschloss die Kasse wieder und gab Johnny den Schlüssel zurück.

»Ist das der einzige Eingang?«, sagte ich und zeigte auf die Tür zur Straße.

»Nein, es gibt auch einen Hintereingang. Außerdem mehrere Fenster zu einem Luftschacht zwischen den Gebäuden.«

»Das wollen wir uns mal ansehen«, sagte ich.

Gerade als wir auf den Durchgang hinter dem Vorhang zugingen, brach draußen das Gewitter los. Ein greller Blitz zuckte auf, gefolgt von dröhnendem Donner, und dann prasselte der Regen in dicken Tropfen auf die Straße. Auf den Fußwegen rannten die Leute los, um Schutz zu suchen. Der nächste Donnerschlag ließ die Fensterscheiben erzittern.

»Scheint ein schlimmes Unwetter zu werden«, sagte Johnny.

»Ja, scheint so.«

»Komm, wir gehen nach hinten.«

Er schob den Vorhang zur Seite. Ich folgte ihm in den hinteren Teil des Ladens. Es war finster dort, und fast wäre ich über einen Korb mit ungebügelter Wäsche gestolpert. Johnny knipste das Licht an.

Mein Blick fiel zuerst auf die riesige Bügelmaschine mit ihren Hebeln und stoffbezogenen Pressflächen, die aufgeklappt waren wie die Kiefer eines Monsters. Erst dann sah ich den Mann, der vor der Wand gegenüber der Maschine lag. Er musste Anfang vierzig sein und hatte ein weißes Hemd an, mit aufgerollten Ärmeln und offenem Kragen. Die Vorderseite des Hemdes war rot von Blut, das aus zwei Löchern in seiner Brust kam. Ein Stück Kreide, wie Schneider sie benutzen, steckte in seiner rechten Hand.

Offenbar mit dieser Kreide war ein Pfeil an die Wand hinter ihm gekritzelt worden, und der Pfeil zeigte auf die Buchstaben J. B., die ebenfalls mit Kreide an der Wand prangten.

Vermutlich entdeckte Johnny Bridges die Initialen seines Namens im gleichen Moment wie ich. Er stieß einen Schrei aus, fuhr herum und sah mich mit vor Entsetzen geweiteten Augen an.

2

»Mach's gut, Johnny«, sagte ich, drehte mich um und marschierte auf den Vorhang zu, hinter dem die Welt bis eben noch in Ordnung gewesen war. Er umklammerte meinen Arm mit der Kraft, die blanke Panik dir verleihen kann, riss mich herum, packte meinen anderen Arm und starrte mich einige Sekunden lang mit aufgerissenen Augen wortlos an. Sein linker Mundwinkel zuckte in kurzen Abständen vor sich hin.

»Matt ... ich ... ich ...«, sagte er dann und stieß die Worte aus wie ein Maschinengewehr, das den Geist aufgab.

»Ich habe keine Ahnung, was hier los ist, Johnny«, sagte ich. »Ich will dir glauben, dass du nichts davon wusstest, dass hier ein Toter liegt, als du mich holen kamst. Ich will auch glauben, dass du nur die vermeintlichen Diebstähle im Sinn hattest ...«

»Das ist die Wahrheit! Ich wusste nicht ...«

»Der Mann ist tot, und ich bin hier, und ich habe nicht die geringste Lust, das noch zu sein, wenn die Cops hier auftauchen und deinen Laden auf den Kopf stellen. Dann will ich so weit weg sein, wie es nur geht. Also mach's gut, war nett, dich mal wieder zu sehen.« Ich wollte gehen, aber seine Finger bohrten sich in meine Arme. »Lass mich los, Johnny.«

»Matt, du kannst mich jetzt nicht im Stich lassen. Das ist Dom! Der Mann da ist Dom, mein Partner.«

»Von mir aus kann er auch der Papst sein. Er ist tot. Hör zu, Johnny, ich habe genug von den Cops – bis oben hin. Ich will nie wieder etwas mit denen zu tun bekommen.«

Aus Johnnys Augen sprach pure Verzweiflung, und dann blitzte etwas in ihnen auf, das einen flüchtigen Gedanken verriet, und als der Gestalt anzunehmen begann, verengten sie sich zu listig funkelnden Schlitzen.

»Du kannst nicht gehen«, sagte er. »Ich werde den Cops sagen, dass du bei mir warst, als ich die Leiche fand. Dann haben sie dich.«

Ich sagte nichts. Ich sah ihn nur an, und dann nickte ich und sagte immer noch nichts. Draußen prasselte der Regen hernieder. Aus dem vorderen Ladenraum hörte ich eine Uhr, deren Ticken das Unwetter übertönte.

»Hast du mich deshalb hierher gebracht?«, fragte ich schließlich.

»Wie meinst du das?«

»Damit jemand bei dir ist, wenn du die Leiche ›entdeckst‹?«

»Das meinst du doch nicht im Ernst, Matt.«

Ich glaubte das tatsächlich nicht. Wäre es ihm darum gegangen, wäre er nicht bis in die Bowery gefahren und hätte sich auf die Suche ausgerechnet nach mir begeben. Außerdem würde kein Mörder freiwillig auf sich selbst zeigen, indem er seine Initialen an eine Wand pinselte, um dann vor einem Zeugen schockierte Überraschung zu mimen. Ich kannte zwar ein paar Kerle, die den Verdacht auf sich selbst gelenkt hatten, aber erst nachdem sie sich ein wasserdichtes Alibi verschafft hatten, das während der Untersuchung dann den anfänglichen Verdacht zerstreute. Diese Kreideinitialen an der Wand hingegen machten auf mich den Eindruck, als seien sie tatsächlich die letzte Hinterlassenschaft eines sterbenden Mannes – eines Mannes, der im nächsten Moment sein Leben aushauchen würde, und ein solches Vermächtnis würde ein Gericht als Beweis betrachten, was aller Wahrscheinlichkeit nach zur Verurteilung führen würde. Johnny Bridges hatte die Zeichen an der Wand gesehen, egal ob ihm schon bewusst war, was das für ihn hieß. Und ich hatte sie ebenfalls gesehen und wollte nicht das Geringste damit zu tun haben. Aber wenn er tatsächlich vorhatte, den Cops zu erzählen, dass ich dabei war, als er die Leiche fand, würde es dumm aussehen, wenn ich jetzt einfach verschwand.

Der Impuls, abhauen zu wollen, und es dann nicht zu können, das fühlte sich verdammt vertraut an …

»Hast du ihn umgebracht?«, fragte ich.

»Nein.«

»Da stehen die Anfangsbuchstaben deines Namens. Ein dicker Pfeil zeigt auf sie. Die Cops werden davon ausgehen, dass Archese sie an die Wand gemalt hat, bevor er starb.«

»Ich weiß.«

»Kennst du sonst noch jemanden, dessen Name mit J. B. anfängt?«

»Nein … jedenfalls keinen, der mir im Augenblick einfällt. Matt, was soll ich bloß tun …?«

»Bist du mit Archese gut ausgekommen?«

»Ja. Matt, um Himmels willen …

»Du sagtest vorhin, du seist zwischen zwölf und zwei im Geschäft gewesen. Stimmt das, Johnny?«

»Ja.«

»War Archese auch hier?«

»Ja.«

»War sonst noch jemand hier?«

»Nein.«

»Was hast du dann gemacht?«

»Ich war noch bei Christine. Doms Frau. Er hat mich gebeten, bei ihr vorbeizuschauen. Er hatte einen Scheck für sie ausgestellt, und er war sich nicht sicher, ob sie wusste, wo sie ihn finden würde. Also ging ich zu ihr.«

»Warum hat er sie nicht angerufen?«

»Keine Ahnung.«

»Er hat doch Telefon zu Hause?«

»Ja. Schätze, er hätte sie anrufen können. Aber er war unter Druck, weil eine Menge zu tun war, deshalb dachte er wohl, es sei einfacher, wenn ich hinginge. Ich kam ohnehin an ihrer Wohnung vorbei.«

»Wie lange warst du bei ihr?«

»Ungefähr eine halbe Stunde.«

»Und dann?«

»Danach habe ich mich auf den Weg in die Bowery gemacht. Um dich zu suchen.«

»Also war Archese um zwei Uhr, als du aufbrachst, noch am Leben, ja?«

»Ja.«

»Kommst du oft für nur zwei Stunden ins Geschäft?«

»Dienstag ist mein freier Tag. Ich habe nur einmal reingesehen, um zu gucken, wie die Dinge laufen.«

»Hattest du Streit mit Archese?«

»Nein, wir haben nur kurz miteinander geredet.«

»Hattet ihr *jemals* Streit?«

»Nein, wir kamen immer gut miteinander aus.«

»Worüber habt ihr heute gesprochen?«

»Über die Kassendiebstähle.«

»Hast du ihm Vorwürfe gemacht?«

»Nein. Wir haben nur darüber geredet, und dann beschloss ich, dich um Hilfe zu bitten.«

»Hast du eine Waffe?«

»Ja.«

»Wo ist sie?«

»In der Schublade unter dem Ladentisch.«

»Zeig sie mir.«

Wir gingen in den vorderen Ladenraum. Es goss noch immer in Strömen, aber das Gewitter schien vorbei. Der Regen prasselte gegen die Schaufensterscheibe. Johnny öffnete ein Schubfach unter der Registrierkasse und schob einige Papiere und eine Schere zur Seite. Er wühlte in der Schublade herum und sah mich an.

»Sie ist weg«, sagte er.

»Was für eine Waffe war es denn?«

»Eine Smith & Wesson, Kaliber .38.«

»Hast du einen Waffenschein?«

»Ja.«

»Privat oder für das Geschäft?«

»Nur für das Geschäft. Der Revolver hat immer hier in der Schublade gelegen. Wir hatten einmal einen Raubüberfall im Laden, kurz nachdem mein Vater gestorben war. Deshalb habe ich mir einen Waffenschein besorgt und den Revolver gekauft.«

»Wahrscheinlich wird es dich nicht gerade überraschen, wenn die Kugeln, die man aus Archeses Brust fischen wird, aus einem .38er Smith & Wesson stammen«, sagte ich.

»Was machen wir jetzt, Matt?«, sagte er.

Die Panik war aus seinem Blick gewichen. Er hatte sich wieder gefasst und sah mich an, als gäbe es gar keinen Toten im Hinterzimmer. Wir redeten miteinander wie zwei Männer, die ihr Vorgehen in einer Angelegenheit besprachen, die kaum mehr als etwas Alltägliches ist. Ich sah ihn an und sagte ihm, was ich dachte.

»Ich will nicht wieder mit den Cops zu tun bekommen. Seit der Sache mit meiner Frau damals habe ich für den Rest meines Lebens genug von denen. Die werden sich sicher an mich erinnern und vielleicht auf den Gedanken kommen, dass ihnen meine Lizenz nicht reicht. Lass uns einen Deal machen, Johnny.«

»Was denn für einen Deal?«

»Lass mich aus der ganzen Sache raus. Du bist allein ins Geschäft gekommen und hast die Leiche entdeckt. Ich war nicht dabei.«

»Und was bringt es mir, zu lügen?«

»Eine ganze Menge. Wenn die Cops deine Initialen an der Wand entdecken, werden sie davon ausgehen, dass die Sache klar und der Fall so gut wie erledigt ist. Sie werden dich verhaften. Damit sitzt du fest, während der wirkliche Mörder weiterhin frei herumläuft. Dann werden sie mit der Untersuchung beginnen. Die Leute vom Morddezernat werden alles tun, um weitere Hinweise aufzuspüren, die zu deiner Verurteilung führen. Das Testament eines toten Mannes haben sie bereits. Dazu werden die beiden Kugeln aus deiner Kanone kommen. Da sie dich bereits festgesetzt haben, werden sie sich bei ihren Ermittlungen nicht gerade besonders anstrengen.«

»Ich verstehe noch immer nicht, worauf du hinauswillst.«

»Dann will ich es dir erklären. Du beteuerst gegenüber deinem Anwalt, du seist unschuldig, aber er wird sicher keine eigenen Ermittlungen anstellen. Er wird seine Verteidigung darauf aufbauen, dass Motiv und Gelegenheit fehlen. Wenn die Kugeln aus deiner Waffe stammen, hat die Anklage ein starkes Argument. Ein fehlendes Motiv ist dagegen eine recht schwache Verteidigung. Und was die fehlende Gelegenheit betrifft, so hättest du im Laufe des Tages natürlich jederzeit in deinen Laden kommen und deinen Partner abknallen können.«

»Wie denn? Erst war ich bei Christine und dann bei dir.«

»Und warum warst du bei mir?«

»Weil ...«

»Ja.«

»Wusste seine Frau, dass hier in der Schublade ein Revolver lag?«

»Ja, ich denke schon.«

»Na, dann werde ich ihr mal auf den Zahn fühlen. Wo wohnt sie?«

Johnny gab mir die Adresse. Ich schrieb sie mir auf. »Und dieser Typ, der für dich bügelt«, sagte ich. »Arbeitet der schon lange hier?«

»Ungefähr sechs Monate.«

»Wie heißt er?«

»Dave Ryan.«

»Und seine Adresse?« Johnny gab sie mir. »Ist er mit Dom gut ausgekommen?«

»Ja. Er ist noch ein Junge. Ein netter Kerl.«

»Okay. Dann sind wir uns also einig?« Johnny nickte. »Dann kannst du jetzt die Cops rufen. Wir sehen uns im Gefängnis.«

Damit verließ ich den Laden.

An meine letzte Auseinandersetzung mit den Cops kann ich mich nur zu gut erinnern. Ich lief ziellos durch den dichten Regen, den das Gewitter hinterlassen hatte, und ich hatte alles so klar vor Augen, als wäre es erst gestern gewesen und nicht vor fünf Jahren. Ich musste gar nicht groß nachdenken. Die Erinnerung kam nicht etwa zurück, sie war immer da gewesen, und es reichte schon eine Melodie, die ich zufällig hörte, oder der Geruch eines Parfums oder manchmal sogar eine Wolkenformation oder einfach nur diese Stadt und der Gedanke, dass Toni und ich hier einmal zusammen gelebt hatten, uns geliebt hatten, um sie zu aktivieren.

Ich komme nicht gerade aus einer besonders guten Gegend. Ich bin auf der Upper East Side zur Welt gekommen und dort aufgewachsen, bevor die Puerto-Ricaner diesen

Teil der Stadt in Beschlag nahmen. Ich wuchs auf zwischen Leuten, die kaum Englisch sprachen und damit beschäftigt waren, sich in der Neuen Welt zu behaupten und sich langsam ihren Weg zu bahnen. Damals lebten in dem Viertel hauptsächlich Iren und Italiener. Mein Vater war ein riesiger Kerl mit riesigen Füßen, der nach Amerika gekommen war, um Arbeit zu finden. Er heiratete ein irisches Mädchen, das nie aufhörte, an die alten Geschichten von Feen, Kobolden und Nymphen aus ihrer Heimat zu glauben. Ire zu sein war nicht einfach. Es ist niemals einfach, etwas anderes zu sein als alle anderen um dich herum.

Andererseits war die Gegend auch kein wirklich schlechter Ort für einen Jungen, um aufzuwachsen. Selbst die schlimmsten Viertel kommen den Menschen, die dort wohnen, nie so furchtbar oder gefährlich vor wie einem Außenstehenden. Ich wäre gern aufs College gegangen, aber das musste ich mir aus dem Kopf schlagen, als mein Vater starb und ich zu Hause gebraucht wurde. Ich wollte auch mal Cop werden, aber auch daraus wurde nichts, weil ich mehr Geld heranschaffen konnte, indem ich für einen Kurzwarenhändler arbeitete, als eine Polizeiausbildung zu absolvieren. Als meine Mutter starb, wurde ich Privatdetektiv. Einfach so. Tatsächlich. Einfach so. Ich bewarb mich für einen Job und bekam ihn. Ich bin ein recht stattlicher Kerl, eins neunzig, breite Schultern. Während meiner ersten Jahre bei der Detektei bestand meine Aufgabe vor allem darin, Schlafzimmertüren aufzubrechen und Fotos von Leuten in den verschiedensten kompromittierenden Stellungen zu schießen. Mir gefiel das nicht sonderlich. Ich kündigte und machte mein eigenes Büro auf, und dann begegnete ich Toni.

Toni McAllister.

Was für ein Name! Dieser Name jagt mir noch immer ein Kribbeln über den Rücken. Er jagte mir schon ein Kribbeln über den Rücken, als ich ihn zum ersten Mal hörte, als hätte ich mein ganzes Leben lang auf diesen Namen gewartet. Und auf das Mädchen, dem er gehörte. Sie kam über die Triborough Bridge und schwenkte die Fahne ihres Football-Teams, ihr langes blondes Haar wehte golden im Novemberwind. Grüne Augen wie eine Antwort auf den grünen Schal um ihren Hals. Ein Mantel aus Leopardenfell, der an ihr aussah, als wäre das Tier noch am Leben, geschmeidige Bewegungen und atemberaubende Beine, grazile Fußgelenke und dazu das Klappern ihrer Absätze auf dem Pflaster, der subtile Schwung ihrer Hüften, Toni McAllister, in den Händen die Fahne in brüllendem Orange und inmitten einer Meute ihrer Mitschüler. In der Luft der betörende Duft von Parfum und Stil, der zu mir herüberwehte, rüber zu Matt Cordell, einem Jungen aus der falschen Ecke der East Side, der kein Junge mehr war, sondern ein Mann, und der nun dastand, als würde er Zeuge einer Invasion aus dem Weltraum, Toni McAllister, eine frische Brise inmitten der stinkenden Müllberge dieser Stadt.

Ich lehnte an einem der Betonpfeiler der Brücke, und sie blieb vor mir stehen. Ihre Lippen enthüllten schneeweiße Zähne und formten sich zu einem Lächeln. Ich registrierte noch einen anderen Duft, den Duft von Alkohol, und dann erklang ihre Stimme, deren höhnendes Trällern ebenso blitzscharf in mich fuhr wie der Stahl ihrer grünen Augen.

»Gehst du auf die Princeton oder die Rutgers?«, fragte sie. Sie grinste mich an. Sie lehnte sich neben mich an den Pfeiler, und wir konnten unsere Augen nicht voneinander abwenden, eine Explosion von Blicken in Grün und Braun.

»Los, komm, Toni!«, sagte einer der Jungs.

»Geht schon mal vor!«, rief sie, ohne ihn anzusehen. »Princeton oder Rutgers?«, fragte sie noch einmal.

»Peter Stuyvesant High School«, sagte ich.

Sie lachte. Sie warf den Kopf zurück und lachte, und einer der Jungs rief: »Nun komm schon, Toni!«

»Princeton hat gewonnen«, sagte sie. »Ich bin auf der Princeton. Wenn du auch auf die Princeton gehst, gebe ich einen aus.«

»Ich bin nicht auf der Princeton«, erklärte ich.

»Schade«, sagte sie. »Aber immerhin habe ich es dir angeboten.«

»Ist das nicht Sache eines Gentlemans?«, sagte ich.

»Bist du denn ein Gentleman?«

»Normalerweise nicht. Aber lass mich das übernehmen. *Ich* lade *dich* ein.«

»Wie einfallsreich«, sagte Toni, und dann hakte sie sich ein, und wir ließen die College-Jungs mit ihren Fahnen hinter uns zurück.

So hat es angefangen.

Den Anfang und das Ende habe ich am deutlichsten in Erinnerung. Das dazwischen war etwas, das ich zuvor noch nie erlebt hatte, und es hat wenig Sinn, einen Moment herauszugreifen und zu sagen, er sei bedeutender als ein anderer oder dies hätte mehr Vergnügen bereitet als jenes. Es war eine Zeit auf der Überholspur, das waren Matt Cordell und Toni McAllister, und was scherte uns der Rest der Welt! Mit uns verschmolzen die Park Avenue und die Slums, Cocktailpartys und Poolbillard, Theaterpremieren und lange Kinonächte in der 42. Straße. Ihr Leben und meins, wie ein Zombie, aus viertausend Sorten Rum zusammengemixt, egal ob Verschnitt oder nicht, denn am Ende ist Rum ganz einfach Rum, egal was für exotische Namen man dafür erfinden mag. Es gab nichts unter dieser Sonne, über das wir nicht sprachen, dann wieder Schweigen und Stille, mit der Fähre rüber nach Staten Island, entlang der Skyline des nächtlichen Manhattan, das sich glitzernd im Wasser spiegelte, und Toni in meinen Armen und der Wind, der über die Bay strich. Matt Cordell und Toni McAllister, das Unmögliche, das möglich geworden war.

Und dann, natürlich, das Ende.

Ich heuerte einen Mann namens Dave Parker an, der die drei Leute unterstützen sollte, die bereits für mich arbeiteten. Ein kluger Kerl, der vor nichts Angst hatte. Wir kamen gut miteinander aus und ergänzten uns hervorragend. Toni mochte ihn ebenfalls. Dann musste ich wegen eines Falls die Stadt für zwei Wochen verlassen. Ich kam eines Nachts zurück, ohne Toni vorher angerufen zu haben – es klingt wie im Groschenroman, aber so ist nun mal das Leben: Der Ehemann kommt unerwartet nach Haus, oben im Schlafzimmer brennt Licht, er tapst nach oben, um sie zu überraschen, doch sein Grinsen erstarrt, weil Toni in den Armen eines anderen Mannes liegt, weil Toni in Dave Parkers Armen liegt.

Ich erledigte ihn mit meiner .45er.

Natürlich hatte ich für den Revolver einen Waffenschein, und ich zog ihn aus dem Schulterholster und stürzte mich auf ihn und schlug auf ihn ein, denn dieser Hundesohn hatte mir nicht nur meine Frau genommen, sondern meinen Traum, und Träume sind nun mal das, was man einem Mann niemals nehmen darf. Ich musste meinen Traum verteidigen und den Kerl fertigmachen, der ihn zertrat, doch alles, was ich damit erreichte, war, mich selbst fertigzumachen.

Die Cops taten auf nett, diese Mistkerle. Sie konnten mich nur zu gut verstehen, aber sie nahmen mir meine Lizenz und meine Kanone und meinen Stolz.

Ende der Geschichte. Um die Sache schnell über die Bühne zu bringen, ließen wir uns in Mexiko scheiden. Aus Toni Cordell wurde wieder Toni McAllister. Inzwischen etwas zu alt für die Princeton/Rutgers-Nummer, etwas weniger geschmeidig und gegen die jüngere Konkurrenz in den plüschigen Bistros von Manhattan nicht mehr ganz vorn im Rennen, aber noch immer mit diesen bestechend grünen Augen und ihrem umwerfenden Lächeln und den grazilen Fußgelenken und ihrem leopardenhaften Gang.

Ende der Geschichte.

Was blieb, war ein Kerl mit einem zerstörten Traum und ohne Job und mit einer Wagenladung voll Erinnerungen – schmerzhaften Erinnerungen –, der sich seitdem wünscht, dass man *ihn* mit einer .45er niedergestreckt hätte, zu einem blutigen Klumpen Fleisch geprügelt hätte, bis nichts mehr von ihm übrig wäre als die Erinnerung. Die Erinnerung an Matt Cordell. Es wehte mich in die Bowery. Hier treiben sich eine Menge Leute herum, die versuchen zu vergessen. Vielleicht haben sie Dave Parkers Gesicht ja wieder hingekriegt, aber Matt Cordell trug Narben davon, die niemals heilen würden. Alkohol hilft bei solchen Narben, das beste Antiseptikum, das man sich denken kann.

Und nun stand ich nach fünf Jahren auf einmal wieder an diesem Ort, wo ich sie zum ersten Mal gesehen hatte. Der Regen prasselte auf mich herab. Ich hatte einen Job zu erledigen. Ich verspürte keinen Stolz darüber, dass jemand seine Hoffnungen in mich setzte, ich hatte keinerlei Erwartungen, und die Herausforderung ließ mich kalt. All das war in jener Nacht erloschen, in der ich nach oben in das Schlafzimmer gegangen war und Toni in den Armen eines anderen vorgefunden hatte.

3

Christine Archeses Haar war blond.

Sie öffnete die Tür und betrachtete mich durch den Spalt, ohne die Sicherheitskette zu lösen. Ich wusste, dass ich nicht gerade einen vertrauenerweckenden Anblick bot. Seit Tagen nicht rasiert und um die braunen Augen rote Ränder von zu viel Whiskey. Es kommt durchaus noch vor, dass ich als Mann durchgehe, aber nur, weil ich einmal der menschlichen Rasse angehört habe.

»Was wollen Sie?«, fragte sie. In ihrer Stimme schwang keinerlei Furcht. Durch den Türspalt sah ich ihre blauen Augen – ihre Augen und ihr blondes Haar.

»Johnny Bridges schickt mich«, sagte ich. »Ich bin mit ihm befreundet.«

»Wie heißen Sie?«

»Matt Cordell.«

»Nie gehört.«

»Machen Sie die Tür auf, Christine«, sagte ich. »Ich tue Ihnen nichts. Johnny ist in Schwierigkeiten.«

Sie überlegte einen Moment, dann hakte sie die Kette aus. Sie musterte mich mit prüfendem Blick, als ich eintrat. Die Möbel in ihrer Wohnung stammten aus einem der hübschen Läden in der Third Avenue. Alles war blitzsauber. Christine Archese führte mich durch den Flur ins Wohnzimmer und bedeutete mir, mich zu setzen. Ich setzte mich. Sie war ein hochgewachsenes Mädchen mit stattlichen Brüsten und schönen Lippen, ein wenig füllig um die Taille und mit stämmigen Beinen, eine kräftige Frau mit kräftigen Händen und einem kräftigen Kinn, mit einer vollen Mundpartie und Augen, so blau wie der Stahl einer Automatic.

»Was ist denn mit Johnny?«, fragte sie.

»Zuerst möchte ich Sie etwas fragen.«

»Was wollen Sie wissen?«

»War Johnny heute hier?«

»Ja.«

»Wann?«

»Gegen zwei, halb drei. Ganz genau weiß ich das nicht mehr. Warum?«

»Als er ging, hat er da gesagt, wohin er wollte?«

»Ja. Er wollte nach einem Freund suchen, der früher einmal ...« Sie hielt inne, und plötzlich dämmerte es ihr. »Sagten Sie nicht, Ihr Name sei Matt Cordell?«

»Ja.«

»Natürlich, ja. Er wollte ...« Sie inspizierte mein Gesicht eingehender. »Warum ist mir das bloß nicht gleich wieder eingefallen? Ihr Foto war ja in allen Zeitungen.« Sie schüttelte den Kopf. »Immer noch nicht darüber hinweg, was?«

»Lassen wir das«, sagte ich.

»In Ordnung. Hat Johnny Sie gefunden?«

»Er hat mich gefunden.«

»Johnnys Freunde sind mir selbstverständlich immer willkommen«, sagte sie so schnippisch dahin, dass ich mich fragte, wie sie das wohl meinen mochte. »Wollen Sie einen Kaffee?«

»Vielleicht sollten Sie sich erst einmal anhören, warum ich hier bin.«

»Warum sind Sie denn hier?«

»Ihr Mann ist tot. Jemand hat ihn erschossen.«

Die Reaktion ist immer die gleiche. Ich würde lieber unter Wasser Atomsprengsätze an russischen Schlachtschiffen anbringen, als einem Menschen die Nachricht zu überbringen, dass jemand, den er geliebt hat, nicht mehr am Leben ist. Tot ist nun mal tot. Das trifft dich mitten zwischen die Augen, ein Schock, der einem den Atem nimmt und die Augen plötzlich in Leere erstarren lässt. Der Blick ist so bizarr, dass er sich kaum von einer gespielten Reaktion unterscheiden lässt. Es ist fast unmöglich, eine vorgetäuschte Überraschung von einem tatsächlichen Schock zu unterscheiden, einfach weil die Reaktion derart grotesk ist.

Christine Archese begann zu taumeln, als sie begriff, was ich gesagt hatte. Ich hätte ihr genauso gut einen Schlag versetzen können. Sie öffnete den Mund, ihr Kopf zuckte zurück, und in ihren Augen zuckte unbändige Verzweiflung, als sie die Hände zusammenpresste und aufschrie. »Nein!«

»Es tut mir leid«, sagte ich.

Dann fing sie an zu weinen. Ihre stattlichen Brüste begannen zu zittern, und von dem Selbstbewusstsein, mit dem sie mir gegenüber aufgetreten war, war nichts mehr zu spüren. Jetzt wirkte sie wie ein kleines Mädchen, gepackt von grenzenlosem Schmerz. Tränen rannen ihre Wangen hinab, und sie suchte nach einem Taschentuch, fand aber keins, und dann stürzte sie aus dem Zimmer, hinaus in die Küche, wo sie hemmungslos in ein Geschirrtuch schluchzte. Ich blieb im Wohnzimmer sitzen. Der Regen draußen hatte aufgehört. Bis auf Christines Schluchzen aus der Küche war es still in der Wohnung. Ich hätte gut einen Drink vertragen können.

Nach einer Weile kam sie zurück ins Wohnzimmer. Ihr Make-up war verschmiert, ihr Gesicht rot und von den Tränen geschwollen. Aber sie war eine Frau mit einem ausgeprägten Gesicht, und der Schock hatte ihr nichts von ihrer natürlichen Schönheit genommen. Etwas steif hockte sie sich in den Sessel mir gegenüber. Sie machte den Eindruck, als versuchte sie, ihre Beherrschung wiederzugewinnen und ihre wahren Gefühle vor mir zu verbergen. Sie war keine Frau, die so schnell etwas umwerfen konnte. Keins von diesen verzärtelten Dingern, die bei der kleinsten Kleinigkeit rot werden, die Kerzen anzünden und sich versichern, dass auf dem Bettlaken auch ja kein Fleck ist, bevor es zur Sache geht. Sie war eine Frau, die wusste, wie hart einem das Leben mitspielen kann. Eine Frau, die schon lange keine Träne mehr vergossen hatte. Sie saß mir mit geradem Rücken und vorgereckten Brüsten gegenüber, aufrecht und stolz, die Knie aneinandergedrückt, das Kinn erhoben, und nur noch der feuchte Glanz ihrer Wangenknochen zeugte von ihrem Gefühlsausbruch.

»Tut mir leid«, sagte Christine. Sie entschuldigte sich nicht bei mir. Sie entschuldigte sich bei sich selbst.

»Es ist keine Sünde, zu weinen«, sagte ich.

»Nein?«

»Nicht, wenn man jemanden verloren hat, den man geliebt hat.«

»Woher wollen Sie das wissen?«, fragte sie.

»Ich weiß es«, sagte ich.

»Haben Sie auch geweint?«

»Ja.« Unsere Blicke trafen sich. »Ja, das habe ich.«

»Wer hat ihn umgebracht?«, fragte sie.

»Ich habe keine Ahnung.«

»Johnny?«

»Wie kommen Sie darauf?«

»Weil Sie gesagt haben, dass er in Schwierigkeiten ist. Hat er Dom umgebracht?«

»Ich weiß es nicht.« Ich erzählte ihr von den Initialen an der Wand, und sie hörte zu, ohne eine Miene zu verziehen, nickte hin und wieder, aufrecht in dem Sessel sitzend, die Hände reglos auf ihrem Schoß.

»Ich glaube nicht, dass es Johnny war«, sagte sie, als ich fertig war. »Warum hätte er das tun sollen?«

»Hat er Ihnen gesagt, warum er nach mir gesucht hat?«

»Meinen Sie die Diebstähle?«

»Ja.«

»Er hat mir davon erzählt. Aber Dom hatte er nicht im Verdacht.«

»Hat Dom einmal davon gesprochen?«

»Nein.«

»Ist das nicht etwas merkwürdig?«

»Ach, wissen Sie ...«

Nichts wusste ich, und daran würde sich auch für eine Weile nichts ändern, denn in diesem Augenblick klopfte es an der Tür. Christine stand auf, um zu öffnen. Von meinem Platz aus konnte ich nicht sehen, wer draußen war. Ich hörte nur, dass es eine Frau war und Christine sich wohl in ihre Arme warf und erneut zu weinen begann. Sie gingen in die Küche, und ich hörte Christines Stimme. »Dom ist tot, mein Gott, was soll ich bloß tun?« Die andere Frau versuchte sie zu trösten, und ich saß im Wohnzimmer und kam mir noch überflüssiger vor als sonst. Sie blieben fast fünf Minuten in der Küche, Christine weinte, und die Frau versuchte sie zu trösten. Dann kamen sie rüber ins Wohnzimmer. Man musste mir nicht sagen, wer die andere Frau war. Es war Christines Schwester. Darauf hätte ich eine ganze Flasche Wein verwettet.

Sie hatte das gleiche blonde Haar. Sie trug es lang, bis über die Schultern. Die gleichen Gesichtszüge, die gleichen markanten Wangenknochen, die Nase, die scharfen blauen Augen. Der Mund wirkte fast etwas zu vollkommen mit diesen anmutigen vollen Lippen. Sie war etwas kleiner als ihre Schwester, aber immer noch stattlich für eine Frau. Ein kräftiger Hals und ebenfalls große Brüste unter einem billigen weißen Pullover, um die Hüfte ein schwarzer Ledergürtel. Sie war nicht älter als zweiundzwanzig, schätzte ich, und damit mindestens zehn Jahre jünger als ihre Schwester. Sie musterte mich mit unverhohlener Abscheu. Sie war eine Frau, die sich auskannte mit Männern, und unrasierte, ungepflegt wirkende Kerle schien sie nicht zu mögen. Ihr Blick verhieß, ich solle aufspringen und schleunigst ein Bad nehmen. Doch ich blieb sitzen.

»Das ist meine Schwester Laraine«, sagte Christine.

Jetzt erhob ich mich. »Hallo«, sagte ich. »Ich bin Matt ...«

»Setzen Sie sich, bevor Sie umkippen«, sagte Laraine.

»Laraine!«, sagte ihre Schwester mit einem vorwurfsvollen Unterton in der Stimme.

»Machst du aus deinem Wohnzimmer jetzt ein Obdachlosenasyl?«, sagte Laraine.

»Der Mann ist hier, um ...«

»Es ist mir egal, weshalb er hier ist«, sagte Laraine. »Die Sorte kenne ich. Er sollte sich schämen.«

»Bitte entschuldigen Sie meine Schwester.«

»Schon gut«, sagte ich. »Tut mir leid wegen meines Auftritts«, sagte ich zu Laraine.

»Matt Cordell, der große Privatdetektiv!«, sagte Laraine. »Seht ihn euch an! Ein Penner! Ein Herumtreiber, das ist alles, was von ihm noch übrig ist!«

»Ganz richtig«, sagte ich.

»Was wollen Sie? Warum sind Sie zurückgekommen, hierher auf die East Side?«

»Anscheinend, um einen Mörder zu finden.«

»Erwarten Sie vielleicht, ihn *hier* zu finden?«

»Vielleicht. Wo waren *Sie* denn den Tag über?«

»Was?«

»Sie haben meine Frage gehört.«

»Sie wollen doch nicht etwa sagen ...«

»Ich will überhaupt nichts sagen. Irgendwer hat Dom Archese umgebracht. Ich weiß nicht, wer es war. Eine Frau kann einen Revolver ebenso gut abfeuern wie ein Mann. Das ist das Großartige an Schusswaffen. Sie kennen keinen Unterschied. Also, wo sind Sie gewesen?«

»Bei der Arbeit, im Kaufhaus.«

»In welchem?«

»An der Third Avenue.«

»Wann hatten Sie Schluss?«

»Um fünf.«

»Dom wurde irgendwann zwischen zwei und sechs erschossen. Wo waren Sie dann, nach der Arbeit?«

»Zu Hause. In meiner Wohnung.«

»Allein?«

»Laraine wohnt für sich«, sagte Christine. »Unsere Eltern sind tot, wir sind die einzigen Kinder. Eine Zeit lang haben wir zusammengewohnt, bis ich geheiratet habe.«

»Wann war das?«

»Vor vier Jahren.«

»Was geht Sie das überhaupt an?«, sagte Laraine bissig. »Wollen Sie etwa behaupten, ich hätte Dom erschossen?«

»Haben Sie das?«

»Warum sollte ich?«

»Das ist doch lächerlich«, sagte Christine.

»Lassen wir das. Ich wollte ohnehin gehen. Wenn Sie Johnny einen Gefallen tun wollen, erwähnen Sie der Polizei gegenüber besser nicht, dass ich hier war. Mir würde das die Arbeit nicht gerade erleichtern, und Johnny könnte es schaden.«

»In Ordnung«, sagte Christine.

»Es war nett, Sie kennenzulernen«, sagte ich. »Sie beide«, fügte ich hinzu und verließ die Wohnung. Kaum war ich auf der Treppe, hörte ich hinter mir eine Stimme.

»Mr. Cordell!«

Ich blieb stehen. Ich drehte mich um. Laraine kam mir nach. Sie hatte den sicheren, eleganten Gang einer selbstbewussten Frau.

»Was wollen Sie?«, fragte ich.

»Mich entschuldigen«, antwortete sie.

»Wofür?«

»Dass ich so unhöflich war.«

»Durchaus verständlich«, sagte ich. »Schließlich ist Ihr Schwager ermordet worden. Ich kann mir gut vorstellen, dass einen das mitnimmt.«

»Warum sollte es das?«

»Hören Sie, Laraine«, sagte ich. »Ich bin kein Seelenklempner. Ich finde es nur ganz normal, dass ein Mädchen etwas durcheinander ist, wenn der Mann ihrer Schwes...«

»Ich bin nicht durcheinander.«

»Okay, lassen wir das. Wir hatten keinen guten Start, und das wird nun auch nicht besser. Außerdem brauche ich jetzt einen Drink.«

»Ich könnte auch einen vertragen«, sagte Laraine.

»Das war keine Einladung.«

»Dann lade ich mich selbst ein. Haben Sie etwas dagegen?«

»Ich dachte, Sie mögen mich nicht besonders?«

»Man gewöhnt sich an vieles.« Sie ergriff meinen Arm. »Ich kenne eine ruhige Bar in der Nähe. Da können wir miteinander reden.«

»Vielleicht sollte ich erst zum Friseur und zum Schneider gehen, um mich ein wenig herausputzen zu lassen.«

»Das könnte in der Tat nicht schaden«, sagte sie. Sie grinste. »Aber bleiben Sie ruhig so, wie Sie sind. So werde ich Sie nicht so schnell vergessen.«

Ich lachte, und wir machten uns auf den Weg in die Bar.

Laraines voller Name war Laraine Marsh. Ihre Schwester hieß also einmal Christine Marsh. Sie war vierundzwanzig Jahre alt und trank ihren Whiskey ohne Wasser. Ihre Augen waren tiefblau, und sie wandte sie keinen Moment von mir ab, egal ob sie redete oder zuhörte. Meistens redete sie. Wir saßen in der Nische einer Bar an der Third Avenue, und ich sagte ihr geradeheraus, dass ich ein professioneller Trinker bin, der es sich nicht leisten kann, dafür zu bezahlen, dass er nicht allein trinken muss. Sie sagte mir geradeheraus, dass sie heute für die Drinks bezahlen würde, und nachdem das geklärt war, fingen wir an zu trinken und zu reden.

Ich fragte sie, ob sie ihre Arbeit mochte.

»Im Kaufhaus? Soll das ein Witz sein?«

»Warum besorgen Sie sich nicht etwas anderes?«

»Es gibt nur eine Sache, die mir Spaß machen würde. Und eines Tages wird es so weit sein.«

»Was denn?«

»Raten Sie.«

»Sekretärin des Vorstandsvorsitzenden von General Motors?«

»Ach was.«

»Miss Rheingold?«

»Nein.«

»Ich mag kein Rätselraten.«

»Sie können dreimal raten«, sagte Laraine. »Letzter Versuch also.«

»Callgirl. In der oberen Preisklasse natürlich.«

Laraine lachte. »Sehe ich so aus?«

»Es gibt Schlimmeres. Immerhin zählen die zu den bestgekleideten Mädchen in New York.«

»Solche Ambitionen habe ich nicht«, sagte sie.

»Okay, ich habe dreimal geraten.«

»Interessant. Dass Sie mir ...«

»Was also sind Ihre Ambitionen?«

»... zutrauen, mich in der oberen Preisklasse ...«

»Was sind Ihre Ambitionen?«

»... zu bewegen. Ich mag es nicht, unterbrochen zu werden, Cordell.«

»Seien Sie nett zu mir«, sagte ich. »Nennen Sie mich Matt. Und fahren Sie zum Teufel.«

»Was?«

»Ich mag keine Frauen, die mir vorschreiben wollen, wann ich sie unterbrechen darf und wann nicht.«

»Wir verstehen uns gut, was?«

»Geht so«, sagte ich. »Ich brauche noch einen Drink.«

»Vergessen Sie nicht, wer den bezahlt«, sagte Laraine.

»Darum habe ich Sie nicht gebeten. Meine eigenen Drinks habe ich immer selbst bezahlen können.«

»Lassen Sie mir das Vergnügen«, sagte sie.

»Ich glaube, ich weiß, welche Ambitionen Sie haben«, sagte ich.

»Und die wären?«

»Sie würden gern ein Konzentrationslager leiten.«

»Ich bin Sängerin«, sagte sie endlich.

»Ach ja?«

»Und eine verdammt gute sogar.«

Ich dachte eine Weile darüber nach. »Wie kommt es dann, dass eine so gute Sängerin in einem Kaufhaus arbeitet?«, fragte ich schließlich.

»Ich warte darauf, entdeckt zu werden«, erwiderte sie.

»Ich bin sicher, eines Tages wird Cole Porter auftauchen, um bei Ihnen eine Rolle Nähgarn zu kaufen. Er wird Sie hinter dem Ladentisch vor sich hin summen hören und Sie für sein nächstes Musical engagieren.«

»Musicals interessieren mich nicht.«

»Und warum nicht?«

»Mir liegen eher fetzige Sachen. Ich singe in einer Band.«

»Eine, die ich kenne?«

»Wohl kaum. Ein paar junge Leute aus dem Viertel. Wir treten bei Hochzeiten auf und bei Partys. Immerhin bringt es hin und wieder etwas ein. Und ist zudem eine gute Übung.«

»Sicher«, sagte ich.

»Es gehört eine ganze Menge mehr dazu, als einfach nur eine gute Stimme zu haben.«

»Ach ja?«

»Allerdings. Man braucht dazu Klamotten und spezielle Arrangements, und eine gute Begleitung schadet auch nicht. All das kostet Geld. Aber ich werde es schon schaffen. Ich bin wirklich talentiert. Und nichts wird mich aufhalten.«

»Na, dann viel Glück«, sagte ich.

»Danke, aber das ist gar nicht nötig. Glück spielt keine Rolle dabei. Man braucht einfach nur Talent und Geld. Mit dieser Kombination schafft man es. Man muss überhaupt nicht darauf warten, dass Cole Porter auftaucht und Nähgarn kauft.« Sie lächelte. Ich lächelte zurück.

»Sie meinten eben, Doms Tod sei Ihnen nicht sehr nahe gegangen. Wieso nicht?«

Laraine Marsh zuckte die Schultern. Sie sah atemberaubend aus, wenn sie mit den Schultern zuckte, aber sie schien sich dessen überhaupt nicht bewusst zu sein. Sie nippte an ihrem Glas. Auch ihre feuchten Lippen sahen atemberaubend aus. Es gefiel mir, hier mit ihr zusammenzusitzen. Laraine Marsh war ein hübsches Mädchen, und sie hatte etwas an sich, das mir imponierte, etwas Besonderes. Vielleicht war es dieser ehrgeizige Traum, der in ihr brannte und sie vor Leben sprühen ließ, vielleicht ihr Temperament oder die Energie, die sie ausstrahlte und die einen unwillkürlich ansteckte und elektrisierte und mitriss. Was es auch war, ich fing an, sie zu mögen. Aber ich war wahrhaftig niemand, der sich leicht blenden und einfangen ließ. Ich blieb hartnäckig und wiederholte meine Frage.

»Warum ist Ihnen die Sache mit Dom nicht besonders nahe gegangen?«

»Dom war ein Spießer«, sagte sie, und das schien mir aus ihrem Mund tatsächlich ein ausreichender Grund zu sein.

»Sie mochten ihn nicht?«

Wieder zuckte Laraine die Schultern. »Das hat nichts mit mögen zu tun«, sagte sie. »So jemanden nimmt man einfach nicht zur Kenntnis. Er hinterlässt keinerlei Eindruck. Er war der Mann meiner Schwester. Ich habe die beiden manchmal an einem Feiertag oder am Wochenende getroffen, wenn ich frei hatte. Punkt. Glauben Sie bloß nicht, er sei der Typ Mann gewesen, der der jüngeren Schwester seiner Frau feuchte Küsse auf die Wangen drückt und ihr väterliche Ratschläge gibt, nein. So war er nicht. Er war ein eher kalter, gefühlsarmer Mensch.«

»Aber Ihre Schwester hat ihn geliebt«, sagte ich.

»Hat sie das?«

»Etwa nicht?«

Für eine Weile war es still am Tisch. Laraine betrachtete ihr Glas, und dann schüttete sie hinunter, was noch darin war. Sie winkte dem Kellner.

»Hat sie ihn nicht geliebt?«, fragte ich.

»Ich habe es schon vor langer Zeit aufgegeben, Menschen zu analysieren, Matt«, sagte sie. »Es lohnt sich nicht. Im Augenblick interessiere ich mich nur für einen einzigen Menschen, und das bin ich. Ich will Sängerin werden. Und ich *werde* Sängerin werden. Ich will Platten aufnehmen und davon eine Million Stück verkaufen. Ich will auftreten, und ich will meine eigene Fernsehshow haben, und ab und zu werde ich einen Film drehen und darin die neuesten Kleider aus Paris tragen. Auch Doris Day hat einmal als Sängerin angefangen.«

»Ich weiß.«

»Okay. Also interessiert es mich nicht besonders, was

Christine für ihren Mann empfunden hat. Das ist ihre Sache. Wenn sie jetzt auf trauernde Witwe macht, schön und gut. Das geht mich nichts an.«

»Das klingt fast so, als wollten Sie sagen, dass ihre Trauer nicht echt gewesen sei«, sagte ich.

»Hat es sich so angehört? Das tut mir leid. So war das nicht gemeint.«

»War ihre Trauer echt?«

»Beurteilen Sie das selbst. Sie sind der Detektiv. Christine und Dom lebten schon seit sechs Monaten getrennt.«

Das musste ich erst einmal verdauen. Der Kellner kam vorbei, und wir bestellten noch eine Runde. Jemand hatte etwas in die Jukebox gesteckt, und Elvis Presley versuchte so zu tun, als sei er es gewesen, der vor ein paar Jahren in *Saat der Gewalt* aufgetreten war. Unsere Drinks kamen. Laraine hatte ihr Glas geleert, bevor man hätte »Rumpelstilzchen« sagen können. Ich ließ mir Zeit. Ich bin zwar nicht schüchtern, was Alkohol angeht, aber ich hatte vor, die Bar heute aufrecht zu verlassen.

»Warum haben sie sich getrennt?«

»Sie hat ihn rausgeworfen.«

»Warum?«

»Habe ich nicht schon gesagt, dass Dom gefühlsarm war? So war er eben. Mit einer Ausnahme vielleicht. Christine. Wahrscheinlich hat er sie wirklich geliebt. Soweit er überhaupt wusste, was Liebe heißt. Jedenfalls war er furchtbar eifersüchtig, wenn es um meine Schwester ging. Er hielt es nicht einmal aus, wenn sie mit einem anderen Mann auch nur *redete*.«

»*Gab* es denn einen anderen Mann?«

»Das glaube ich kaum. Das würde nicht zu meiner Schwester passen, dazu hatte sie ihren Katechismus zu sehr verinnerlicht. Ihren Körper gab sie nur Dom hin.«

»Verstehe.«

»Aber selbst jemand, der sich diesbezüglich nie etwas hat zuschulden kommen lassen, hält es irgendwann nicht mehr aus, wenn ihm ständig Vorwürfe gemacht werden. Falls meine Schwester überhaupt jemals an einen anderen Mann gedacht hat, ist es dabei sicher auch geblieben. Aber Doms dauernde Verdächtigungen ärgerten sie. Deshalb hat sie ihn rausgeworfen.«

»Sie sagten, das war vor sechs Monaten?«

»Ja.«

»Und seither war er nicht mehr bei ihr?«

»Nein. Er nahm natürlich an, sie hätte ihn wegen eines anderen Mannes vor die Tür gesetzt. Er hat sogar einen Detektiv beauftragt, Christines Wohnung zu beobachten und ihm zu melden, wer kam und wer ging.«

»Woher wissen Sie das?«

»Er hat es mir erzählt.«

»Wann?«

»Ich traf ihn irgendwann. Vor ungefähr zwei Monaten, glaube ich. Da erzählte er mir, dass er einen Privatdetektiv damit beauftragt hätte, meine Schwester zu beobachten.«

»Ist das nicht etwas merkwürdig? Ich meine, Ihnen das zu sagen?«

»Ich kann meinen Mund halten«, erwiderte Laraine.

»Selbst Ihrer Schwester gegenüber?«

»Ich stecke meine Nase niemals in anderer Leute Angelegenheiten. Deshalb vertrauen sie mir auch immer alles Mögliche an. Dom wusste, dass er mir ruhig von dem Detektiv erzählen konnte. Wahrscheinlich drängte es ihn sogar, sich jemandem anzuvertrauen.«

»Wie hieß der Detektiv?«

»Dennis Soundso.«

»Dennis Knowles?«

»Ja. Kennen Sie ihn?«

»Den kenne ich«, sagte ich und verkniff mir jeden weiteren Kommentar.

»Das ist der Kerl.«

»Beobachtet er Ihre Schwester immer noch?«

»Das weiß ich nicht«, sagte Laraine. »Danach habe ich Dom nicht mehr gesehen.«

»Seit zwei Monaten nicht mehr?«

»Ja. Ich glaube beinahe, dass Dom den Detektiv nur deshalb engagiert hat, um sicherzugehen, dass er mit seinen Verdächtigungen falschlag. Das mag sich komisch anhören, aber er liebte Christine wohl tatsächlich und wollte sich wahrscheinlich nur selbst beweisen, dass es da keinen anderen Mann gab. Können Sie das nachvollziehen?«

»Das hört sich plausibel an.«

»Ich habe keine Ahnung, ob das plausibel ist, aber so erkläre ich mir das.« Sie sah auf die Uhr. »Ich muss gehen. Was haben Sie jetzt vor?«

»Ich habe ein paar Ideen«, sagte ich.

»Und zwar?«

»Ich würde mir gern Ihre Wohnung ansehen.«

Laraine sah mich verdutzt an. »Warum denn das?«, sagte sie.

»Weil ich gern mit dir schlafen möchte.«

Sie schüttelte den Kopf. »Tatsächlich?«, sagte sie.

»Ja. Tatsächlich.«

»Das könnte in der Tat nett werden«, sagte sie. »Bis auf ein paar Kleinigkeiten.«

»Zum Beispiel?«

»Zum Beispiel habe ich eine empfindliche Haut. Ich denke, dein Bart stünde uns im Wege.«

»Ich rasiere mich.«

»Das ist nett«, sagte sie. »Aber es gibt da noch ein paar andere Gründe.«

»Ich höre.«

»In zehn Minuten beginnt die Probe mit meiner Band. Und das Singen ist mir etwas wichtiger als du.«

»Es käme mir niemals in den Sinn, deiner Karriere im Weg zu stehen«, sagte ich.

»Glaub mir, das würde dir auch nicht gelingen.« Sie grinste. »Aber der dritte Grund ist der entscheidende.«

»Und der wäre?«

Das Lächeln auf ihrem Gesicht verschwand. Ihre Augen blickten ernst. »Ich habe das Gefühl, ich sollte mich von dir fernhalten. Sehr fern. Und das ist sogar mehr als nur ein Gefühl.«

»Das wird schwierig werden«, sagte ich. »Ich komme nämlich mit zu deiner Probe.«

4

Sie können mir jetzt vorwerfen, dass ich nicht ganz bei der Sache war.

Das war ich tatsächlich nicht.

Im Nachhinein könnte ich zu meiner Entlastung natürlich anführen, ich hätte gewusst, dass der Kopf der Band, in der Laraine Marsh sang, ein Junge namens Dave Ryan war, der zufälligerweise als Bügler in Johnnys Schneiderladen aushalf. Die Wahrheit allerdings ist, dass ich nichts davon wusste, als ich Laraine vorschlug, sie zu begleiten. Ich ging mit, weil ich mich davon überzeugen wollte, ob sie wirklich eine so gute Sängerin war, wie sie sagte. Der tatsächliche Grund jedoch war ihr blondes Haar, das mich an Toni erinnerte, und dass ich gerade wieder dort gestanden hatte, wo ich meine Exfrau zum ersten Mal gesehen hatte, und dass ich jetzt bei dieser Frau sein wollte – das war es, worum es mir ging. Um ganz ehrlich zu sein, ging es mir dabei überhaupt nicht um meinen Fall. Ich war nicht bei der Sache. Ich gebe es zu. Erschießen Sie mich meinetwegen.

Die Probe fand im Keller eines Hauses an der 116. Straße statt, nicht weit von der Third Avenue. Der Regen hatte den Dreck von den Fußwegen gewaschen, Lichter spiegelten sich im nassen Asphalt, und durch die Gossen rann noch immer das Wasser und prasselte in die Kanalisationsschächte. Es mochte ungefähr halb neun sein – es war noch immer hell, aber in den Straßen brannten schon die ersten Lampen, und im Westen begann sich der Himmel langsam dunkel zu färben. Laraine legte einen zügigen Schritt an den Tag. Sie hatte lange Beine, und ich musste mich anstrengen, um mitzuhalten. Ihr zielstrebiger Gang schien zu signalisieren, dass man ihr besser nicht in die Quere kam.

»Du wirst dich nur langweilen«, sagte sie. »Proben sind immer langweilig. Die Leute meinen, sie bekämen ein paar nette Songs zu hören, und am Ende sind sie dann enttäuscht.«

»Ich lasse es darauf ankommen«, sagte ich.

Unten in dem Haus war eine Arztpraxis, und im Stockwerk darüber residierte ein Zahnarzt. Als wir runtergingen, fragte ich mich, was wohl jemand von den Proben halten mochte, der oben vielleicht gerade erfuhr, dass er Krebs hatte. In der einen Ecke des Übungsraums befand sich eine Heizungsanlage, in einer anderen das übliche Gerümpel, das Mieter im Keller abstellen. Aber die Decke war abgedämmt und der Betonfußboden mit grauer Farbe übergestrichen, an einer Wand stand ein Klavier, und es war sauber und aufgeräumt. Es waren nicht gerade die Nola Studios, aber für ein paar Musiker aus der Gegend reichte es.

»Wir haben alles selbst hergerichtet«, erklärte Laraine. »Deshalb können wir hier umsonst proben. Komm, ich stelle dir die Jungs vor.« Die Jungs, sieben oder acht an der Zahl, nickten uns zu, als wir hereinkamen. Sie hatten schon mit dem Aufwärmen begonnen, und da stand ich nun; die Bläser verstummten, das Klavier hörte auf zu klimpern, und der Drummer saß auf seiner großen Holzkiste und ließ seine Schlagstöcke in der Luft verharren. Ein junger Mann mit einer Trompete in den Händen sah Laraine fragend an. In seinen braunen Augen lag allerdings mehr als nur eine Frage. Vielmehr schien der Blick einen Vorwurf auszudrücken.

»Das ist Matt Cordell«, sagte Laraine in die Runde. »Ein Freund von mir.«

»Du weißt doch, dass ich Außenstehende bei den Proben nicht mag«, sagte der Kerl mit der Trompete.

»Tut mir leid«, sagte sie. »Er ist ein Freund von mir.«

Er kam zu uns herüber. Er hatte einen schlendernden Gang und ließ die Trompete von seiner Hand baumeln. Er war kaum älter als zwanzig. Unter seiner Unterlippe sprossen ein paar Haare, als arbeitete er daran, sich eine Stütze für das Mundstück seines Instruments wachsen zu lassen. Seine Oberlippe wies den runden weißen Ring auf, der das Markenzeichen eines Trompetenspielers zu sein schien. Er war groß, hatte breite Schultern, rote Haare und eine schmale Nase, die Wangenknochen eines indianischen Scouts. Er kam auf uns zugeschlendert. »Ich bin Dave Ryan. Ich wollte nicht unhöflich sein, aber während der Proben sind wir am liebsten für uns.«

»Sie waren nicht unhöflich«, sagte ich. »Wenn ich Sie nervös mache, kann ich auch gehen.«

»Sie machen mich nicht nervös«, sagte Ryan. »Holen Sie sich einen Stuhl. Aber klatschen Sie nicht, wenn Ihnen gefällt, was wir machen, und buhen Sie uns nicht aus, falls nicht. Dann geht das schon in Ordnung.«

»Bügeln Sie nicht in der Schneiderei von Johnny Bridges?«, fragte ich ihn.

»Was? Ja. Woher wissen Sie das?«

»Johnny hat mal Ihren Namen erwähnt.«

»Ach ja?« Er betrachtete mich mit seinen braunen Augen. »Mit dem Bügeln verdiene ich das Geld für meine Noten. Ich spiele für mein Leben gern.« Einen Moment lang dachte er nach. »Sonst noch was?«

»Im Augenblick nicht.«

»Später?«

»Wenn Sie dann Lust haben, ein wenig zu plauschen.«

»Jetzt habe ich erst mal Lust, zu spielen. Haben Sie etwas dagegen?«

»Keineswegs.«

»Gut. Was ist mit dir?«, fragte er Laraine.

»Ich bin bereit.«

»Wollen wir anfangen?«

»Klar doch«, sagte Laraine.

Ryan drehte sich zu den anderen Musikern um. »Nummer vierzehn«, sagte er. »Ist das Mikro an, Frank?«

Der Klavierspieler nickte und ließ seine Finger über die Tasten tanzen.

»Dann mal los«, sagte Ryan.

Laraine trat an das Mikrofon, das so aussah, als hätte es schon bessere Zeiten erlebt und als hätten die Jungs es in einem ausgebrannten Radiostudio gefunden. Sie senkte den Kopf und schraubte die Halterung fest. »Ich bin so weit.«

Es ist gar nicht so einfach, ihre Stimme zu beschreiben. Sie klang einfach wie Laraine Marsh und sang ohne Sperenzchen, sehr ausdrucksvoll und sehr emotional. Sie schien niemanden zu imitieren und suchte dennoch nicht zwanghaft nach einem persönlichen Stil, was sie auch gar nicht nötig hatte, denn ihre Stimme war warm und persönlich und verriet viel Übung.

Das Publikum bestand an diesem Abend nur aus mir. Vielleicht war das ja der Grund dafür, weshalb Laraine ihren Blick auf mich heftete und ihn dort ruhen ließ, bis das Stück zu Ende war. Ich hatte das Gefühl, dass jeder Mann, würde sie vor tausend Leuten singen, der festen Überzeugung wäre, sie würde ausschließlich und allein nur für ihn singen. Wenn dieses Mädchen einen schon durcheinanderbrachte, wenn sie in einer Bar nur mit den Schultern zuckte, was würde sie dann auf einer Bühne anrichten? Schließlich schloss sie die

Augen, und als sie sie wieder öffnete, war auch die Musik hinter ihr verstummt.

Am liebsten hätte ich geklatscht, aber dann erinnerte ich mich an Ryans Worte und blieb auf meinen Händen sitzen.

»Siebenundvierzig«, rief Ryan. »*Lisbon Antigua.* Ruh dich etwas aus, Laraine. Das war klasse.«

Laraine kam herüber und setzte sich neben mich. Ryan gab den Einsatz, und die Band legte los. »Habe ich dir gefallen?«, flüsterte sie.

»Allerdings.«

»Warte erst mal ab, bis ich warm geworden bin«, sagte sie. »Hattest du das Gefühl, dass ich allein für dich gesungen habe?«

»Ja, das hatte ich.«

»In gewisser Hinsicht habe ich das auch getan. Das ist ein Kniff, den ich mir von den Striptease-Tänzerinnen in Union City abgeschaut habe. Die lassen jeden Mann glauben, dass sie sich nur für ihn ausziehen.«

»Ziemlich eindrucksvoll. Was ist mit diesem Ryan? Ist er gut?«

»Du hast ihn gehört.«

»Ich bin kein Fachmann.«

»Er auch nicht«, sagte Laraine. »Hier für die Gegend reicht es. Um auf Hochzeiten oder bei Picknicks zu spielen oder wo immer eine Band gebraucht wird. Aber er ist nicht meine Liga, und das, was ich mir vorgenommen habe, wird er wohl nicht hinkriegen.«

»Und das wäre?«

»Ganz nach oben zu kommen.«

»Die Luft da oben ist dünn«, sagte ich.

»Und wenn schon, ich werde meinen Weg machen«, sagte Laraine und warf mir ein Lächeln zu. Sie zündete sich eine Zigarette an und wollte die Schachtel gerade wieder einstecken, überlegte es sich dann aber anders und hielt sie mir hin. Ich zog eine heraus. Ryan und seine Band arbeiteten sich an *Lisbon Antigua* ab, und wir sahen ihnen zu. Sie spielten eine gute halbe Stunde, dann brach Ryan ab und kam zu uns.

»Wie finden Sie die Band?«, fragte er. Er griff sich Laraines Tasche vom Stuhl, machte sie auf und nahm sich eine Zigarette, dann stellte er sie zurück. Laraine schien nichts dabei zu finden, dass er in ihrer Tasche wühlte, ohne sie vorher zu fragen.

»Wollen Sie meinen Kommentar hören?«, fragte ich.

»Sicher.«

»Ihr hört euch ziemlich gut an«, sagte ich. Das war nicht gelogen. Gegen Ende ihrer Session waren sie immer lockerer und freier geworden. Natürlich waren sie weit davon entfernt, einen Big-Band-Sound abzuliefern, aber sie spielten mit Schwung und Hingabe. Vielleicht hatten sie nicht den gleichen Ehrgeiz wie Laraine – wohin auch immer der führen mochte –, aber für ein paar Kids aus der Gegend waren sie verdammt gut.

»Sie müssen mir jetzt keine Komplimente machen«, sagte er.

»Ich meine es so«, sagte ich.

Er grinste. »Das freut mich.« Er zog an seiner Zigarette und blies den Rauch in die Luft. »Was machen Sie denn eigentlich so?«

»Ich treibe mich rum«, sagte ich.

»Ach ja?«

»Ja.«

Er warf einen fragenden Blick auf Laraine. Ihr Gesicht blieb ausdruckslos. »Ich könnte Ihnen beibringen, wie man Kleider bügelt«, sagte er mit gespieltem Ernst. »Ich könnte Ihnen auch beibringen, Trompete zu spielen, aber das würde eine Weile dauern.«

»Keins von beidem wäre ein Beruf für mich«, sagte ich.

»Mr. Cordell ist Detektiv«, sagte Laraine plötzlich, und Ryan fuhr herum und sah sie an. Er zog an seiner Zigarette, inhalierte den Rauch und wandte sich dann wieder mir zu.

»Ach ja? Wie ein Polizist sehen Sie nicht gerade aus.«

»Ich bin auch keiner.«

»Privatdetektiv?« Er grinste. »Ich dachte, die gäbe es nur in Büchern.«

»Ich bin auch kein Privatdetektiv. Das war einmal. Jetzt treibe ich mich herum.«

»Hört sich nach einem netten Leben an«, sagte Ryan.

»Im Sommer ja«, klärte ich ihn auf. »Wie lange spielen Sie schon Trompete?«

»Sieben Jahre. Und ich nehme immer noch Unterricht.«

»Und die Arbeit in der Schneiderei?«

»Ach, das ist nur ein Nebenjob. Wie ich schon sagte, damit finanziere ich meine Musik. Eine Band aufzuziehen kostet schon eine Kleinigkeit.«

»Arbeiten Sie schon lange für Johnny?«

»Seit ungefähr drei Monaten«, sagte Ryan. Er sah weg, vielleicht weil er sich unwohl fühlte mit der Lüge, die er mir gerade aufgetischt hatte. Oder hatte Johnny die Unwahrheit gesagt, als er mir erzählt hatte, dass Ryan schon sechs Monate für ihn arbeitete?

»Sie arbeiten also nur, um Ihre Band zu finanzieren?«

»Richtig«, sagte Ryan. Dann blickte er zu Laraine. »Singst du noch?«, fragte er.

»Wenn du magst.«

»Na, dann mal los!«

Laraine erhob sich und drückte ihre Zigarette aus.

»Ich muss mal telefonieren«, sagte ich. »Ich bin gleich wieder da.«

»Lass dir Zeit. Wir sind noch eine ganze Weile hier.«

»Und danach?«

»Lass dir Zeit, Cordell«, sagte sie noch einmal und ging

hinüber zu dem Mikrofon. Die Band begann ein neues Stück, und ich stieg die Treppen hinauf. Ich fand einen Drugstore mit einer Telefonzelle, kramte Johnnys Nummer hervor und rief seinen Laden an. Ich ließ es zwölfmal klingeln, dann hängte ich ein. Ich wählte die Nummer der Vermittlung und ließ mich mit der Polizei verbinden. Bei einem Sergeant des zuständigen Reviers erkundigte ich mich nach Johnny Bridges.

»Mit wem spreche ich?«

»Ich bin ein Freund von ihm.«

»Und wie heißen Sie?«, fragte der Sergeant.

»Joe Phillips«, log ich.

»Einen Augenblick, Mr. Phillips. Ich frage mal nach.«

Ich wartete. Joe Phillips. Kein schlechter Name. Ich stellte mir einen Taxifahrer mit Brille vor. Joe Phillips.

»Kriminalabteilung, Andrews«, meldete sich auch schon eine Stimme.

»Phillips hier. Ich bin auf der Suche nach einem Freund von mir, Johnny Bridges.«

»Den haben wir hier«, sagte Andrews. »Was wollen Sie von ihm, Mr. Phillips?«

»Rein privat«, sagte ich.

»Tut mir leid«, erwiderte Andrews. »Er ist hier, weil er unter Mordverdacht steht.«

»Kann ich mit ihm sprechen?«

»Weshalb?«

»Ich bin Anwalt.«

»Erzählen Sie das einem anderen«, sagte Andrews. »Er hat schon einen Rechtsanwalt angerufen.«

»Verstehe.«

»Kann ich sonst noch etwas für Sie tun?«, erkundigte sich Andrews.

Ich gab ihm keine Antwort. Ich hängte ein, prüfte mit den Fingern nach, ob der Apparat meine Münze vielleicht wieder ausgespuckt hatte – eine alte Angewohnheit –, und trat hinaus auf die Straße. Inzwischen war es dunkel, und die Lichter der Stadt liebkosten die warme Sommernacht. Vom East River her drangen die Signalhörner der Schlepper herüber, und von überall aus der Stadt waren die Geräusche nächtlicher Geschäftigkeit zu vernehmen. Ich sehnte mich nach einem Drink. Ich sehnte mich nach Toni. Manchmal überkam es mich einfach, in solchen Augenblicken, wenn die Stadt mehr war als nur Stahl und Beton, wenn sie zu einem lebendigen Organismus wurde mit einem Gedächtnis und einem Herzen, dann überkam es mich. Es überkam mich einfach, und ich fühlte mich allein und einsam, und das waren die Momente, in denen ich mich am stärksten nach einem Drink sehnte.

Ich nahm mich zusammen.

Ich sagte mir, dass alles so lief, wie ich es mir gedacht hatte. Die Polizei hatte Johnny festgenommen, und jetzt wurde er auf dem Revier von herzlichen Cops in die Mangel genommen, für die bereits feststand, dass der Mord auf sein Konto ging. Er hatte einen Anwalt angerufen, und der Anwalt würde mit Johnny reden, und morgen früh würde man ihn vorführen, weil er unter Verdacht stand, eine Straftat begangen zu haben, und Kriminalbeamte aus der ganzen Stadt würden anrauschen und sich seine Geschichte anhören, und man würde Anklage erheben, und es würde eine Kaution festgesetzt werden oder auch nicht, während er auf sein Verfahren wartete. Ich hoffte, er hatte sich einen guten Anwalt genommen. Ich hoffte, er würde das alles überstehen. Ich hoffte, er würde am Ende seine Unschuld beweisen können und zurück in seinen kleinen Schneiderladen können. Ich brauchte einen Drink.

Ich riss mich abermals zusammen, denn ich wusste, wohin das führen würde. Es würde dazu führen, den Kerl dem Gesetz und den Anwälten zu überlassen, während ich mich betrank. Es würde dazu führen, einen Deal aufzukündigen. Ich brauchte einen Drink, aber Johnny brauchte den Mörder, der seinen Partner umgelegt hatte. Ich verfluchte mich dafür, dass ich in diese Sache hineingeraten war, und ich verfluchte mich dafür, ein Schlappschwanz zu sein, und ich verfluchte mich dafür, ein Trinker und ein Idiot zu sein, aber ich ging nicht in die nächste Bar. Diese Stadt konnte meinetwegen zum Teufel fahren mit all ihren Geräuschen der Nacht und all den Erinnerungen an Toni, die sie in mir weckte, und dann ging ich wieder die Treppen hinunter, wo die Band am Proben war. Ich griff mir einen Stuhl und lauschte der Musik. Ich saß da, bis sie nach einer Stunde aufhörten.

»Wohin jetzt?«, fragte ich Laraine.

»Nach Hause«, sagte sie. Sie sah mich an. »Und wohin willst *du*?«, fragte sie dann.

Ich zuckte mit den Schultern. »Hast du einen Rasierer zu Hause?«

»Ja.«

»Wem gehört der?«

»Willst du einen Rasierer, oder willst du meinen Lebenslauf hören?«

»Ich nehme den Rasierer.«

»Matt ...«, sagte sie.

»Ja?«

»Ich möchte ... ich möchte mich nicht mit dir einlassen.«

»Warum nicht?«

Sie schüttelte den Kopf.

»Warum nicht?«, fragte ich noch einmal.

»Ich glaube nicht, dass du das hören willst ...«

»Probier es doch einfach.«

»Also gut. Ich bin nicht Toni McAllister. Wenn du das meinst, bist du verrückt. Ich bin Laraine Marsh. Und ich will nicht, dass du dich an meiner Brust über sie ausweinst.«

»Das ist deutlich genug«, sagte ich.

»Also dann …« Sie streckte mir die Hand entgegen. »Wenn ich dir irgendwie helfen kann, in dieser Sache mit Dom, dann lass es mich …«

»Trotzdem würde ich mich gern rasieren«, sagte ich. »Außerdem müsste ich telefonieren. Du hast doch Telefon?«

»Ja.«

»Kann ich mitkommen?«

Laraine seufzte. »Also gut«, sagte sie.

Der Anruf, den ich tätigen wollte, galt einem Privatdetektiv namens Dennis Knowles. Wahrscheinlich hätte ich mein Telefonat erledigt, hätte mich rasiert und wäre anschließend von Laraine aus der Wohnung geworfen worden, wäre nicht diese Sache im Hausflur dazwischengekommen.

Knowles wollte ich anrufen, weil ich die Vermutung hatte, dass das Auftauchen eines Privatdetektivs auf der Bildfläche ja auch heißen konnte, dass an Doms Verdacht seiner Frau gegenüber mehr dran war, als Laraine bereit war zuzugeben. Und falls Christine *tatsächlich* einen Liebhaber hatte, dann wäre der zweifellos ein guter Kandidat für einen Mann, der zwei Löcher in Doms Brust gejagt hatte. Knowles war gut im Geschäft, seine Detektei lief blendend. Er schien immer ans Ziel zu kommen. Sie wollen eine Scheidung herbeiführen? Dann ist Dennis Knowles Ihr Mann. Wenn Ihr Gatte keine Affäre mit einer anderen Frau hat, dann besorgt Dennis eine. Und er sorgt auch für die kräftige Schulter, die dann die Hoteltür eindrückt, für den Fotoapparat, mit dem das Paar in einer kompromittierenden Situation festgehalten wird, und natürlich für die entsprechenden Zeugen, die das alles bestätigen.

Wirklich ein netter Kerl, dieser Dennis Knowles, ein Kerl, der von einer Gesellschaft lebte, die nur Ehebruch oder Fahnenflucht als Scheidungsgründe akzeptieren will. Dennis war dabei sogar noch etwas preiswerter als sechs Wochen in Reno. Obwohl ich ihn und seine Methoden nicht mochte, wollte ich mehr darüber wissen, warum Dom ihn engagiert hatte. Das schien mir der Schlüssel zu diesem Fall zu sein. Außerdem brauchte ich tatsächlich eine Rasur, und ich spekulierte darauf, dass Laraine Marsh dann etwas mehr in mir sehen würde als nur den Herumtreiber, der nichts als den nächsten Whiskey im Kopf hatte. Aber ich kam nicht dazu, das herauszufinden, denn dann passierte diese Geschichte im Hausflur.

Wir gingen in das Haus, in dem sie wohnte. Ihr Apartment lag im dritten Stock. Ich weiß nicht, ob Sie jemals in einem dieser Mietshäuser auf der East Side waren, aber diese Kästen stinken ganz einfach. In Ihrer Wohnung können Sie machen, was Sie wollen, sie so einrichten, als würden Sie im Sutton Place District wohnen, aber die Häuser stinken, und das meine ich im wörtlichen wie im übertragenen Sinn. Die Briefkästen sind in der Regel aufgebrochen, und im Hausflur und auf den Treppen bis hoch unter das Dach ist es für gewöhnlich so dunkel wie auf dem Grund einer prall gefüllten Einkaufstüte. Wir gingen die Treppe hinauf, und als wir gerade im zweiten Stock angelangt waren, blieb Laraine plötzlich stehen. »Ich habe vergessen, nach der Post zu sehen.«

Sie fischte nach dem Briefkastenschlüssel, und ich hielt ihr meine offene Hand entgegen.

»Ich gehe runter und hole sie«, sagte ich.

»Danke.«

Laraine lehnte sich gegen das Treppengeländer, während ich nach unten ging. Ich schloss gerade ihren Briefkasten auf, als ich von oben einen Schrei hörte. Und dann verstummte der Schrei plötzlich, als wenn ihr jemand eine Hand auf den Mund gepresst hatte. Zwei Stufen auf einmal nehmend, sprang ich hinauf.

Überfälle waren in dieser Gegend nicht gerade selten, und

der Kerl, der Laraine den Mund zuhielt und mit der anderen Hand versuchte, an ihre Tasche zu kommen, war ziemlich groß. Er ließ sie in dem Moment los, als er mich auf der Treppe sah. Er holte aus und wollte mir einen Kinnhaken verpassen, und Laraine schrie, als ich zurückwich und gegen das Geländer krachte. Ich fing seine Faust mit einem Judogriff ab, bekam mit der linken Hand seinen Ärmel zu fassen und mit der rechten die rechte Seite seines Hemdes. Judo ist keineswegs eine Wissenschaft der Selbstverteidigung, wie manche meinen. Hat der Gegner Klamotten an, dann nutzt man das einfach für sich aus.

Er hatte mit der rechten Faust ausgeholt, und ich hatte seinen Schwung genutzt, um ihn taumeln zu lassen. Ich riss an seinem Hemd, was ihn noch mehr aus dem Gleichgewicht brachte, ich bearbeitete seine Wade mit meinem rechten Fuß, und er strauchelte, und dann stürzte er. In der Trainingshalle hatte ich den Arm meines Gegners einmal so heftig an mich gerissen, dass er übel auf die Matte geknallt war, obwohl er wusste, wie man sich abrollt. Dies war weder die Trainingshalle, noch wusste der Kerl, wie man sich abrollt. Ich warf ihn also zu Boden, und er stürzte mit seinem ganzen Gewicht auf sein Handgelenk, das allerdings nicht zersplitterte, und dann wälzte er sich herum und lag auf dem Rücken auf den Holzdielen, und schon war ich über ihm und ließ meine linke Faust auf seinem Nasenbein explodieren. Hätte ich härter zugeschlagen, hätten sich die Splitter seiner Knochen in sein Gehirn gemalmt, und er wäre auf der Stelle tot gewesen. Aber ich wollte es nicht zu weit treiben. Ich wollte ihn lediglich außer Gefecht setzen, und ich setzte ihn außer Gefecht. Er blinzelte mich an und zuckte mit dem Kopf und versuchte wieder auf die Beine zu kommen, und ich schlug noch einmal zu. Diesmal traf ich seine rechte Schulter, ziemlich hart, und dann blieb er liegen und konnte seinen Arm nicht mehr bewegen.

Ich griff nach dem Kragen seines Hemds, zerrte ihn über die Dielen und stieß ihn dann vor mir her die Treppen hinunter. An der Haustür warf ich ihn hinaus auf die Straße und marschierte zurück nach oben, wo Laraine zitternd gegen das Geländer gelehnt stand.

»Alles in Ordnung«, sagte ich.

»Matt … Matt …«

»Alles in Ordnung.«

»Er kam aus … aus …«

»Wo ist dein Schlüssel?«, fragte ich.

Ich half ihr nach oben und schloss die Tür auf. Ich machte Licht. Es war eine hübsche Wohnung, geschmackvoll eingerichtet. An der Innenseite der Tür befand sich ein Sicherheitsschloss. Ich verriegelte es und sah mich um. Ich entdeckte die Flasche und goss uns zwei Gläser ein. Laraine griff dankbar nach ihrem.

»Danke«, sagte sie.

»Für den Whiskey?«

»Für das, was du da draußen getan hast.«

»War mir ein Vergnügen.«

»Hast du einen Cop gerufen?«

»Nein. Die versuche ich auf Abstand zu halten.«

»Meinst du, er kommt zurück?«

»Wenn er es wagt, wird es kein drittes Mal geben.«

»Danke«, sagte sie noch einmal.

Ein paar Minuten lang starrten wir einander unschlüssig an.

»Ich erledige jetzt meinen Anruf«, sagte ich.

»Das Telefon steht da drüben.« Sie deutete auf einen kleinen Tisch neben der Couch. Ich suchte Knowles' Nummer heraus, nahm den Hörer ab und wählte. Niemand meldete sich. Offenbar nahm er nachts keine Anrufe entgegen. Ich sah noch einmal im Telefonbuch nach, aber seine Privatnummer konnte ich nicht finden.

»Pech gehabt«, sagte ich. »Kann ich mich trotzdem rasieren?«

»Der Rasierer ist im Badezimmer«, sagte Laraine. »Zweites Fach unter dem Medizinschränkchen. Ich benutze ihn für meine Beine. Ich weiß nicht, ob noch frische Klingen da sind.«

»Schon in Ordnung«, sagte ich. »Wenn ich fertig bin, werde ich gehen.«

Sie stand auf, kam zu mir herüber, legte ihre Arme um meinen Hals und küsste mich so sanft, wie mich im ganzen Leben noch niemand geküsst hatte.

»Nein, du gehst nicht«, sagte sie. Sie küsste mich noch einmal, und ich zog sie an mich, und sie legte ihren Kopf an meine Schulter und stieß einen leisen Seufzer aus. »Oh, du Mistkerl«, sagte sie dann. »Warum lässt du das geschehen?«

5

Die Detektei Knowles befand sich in der 53. Straße, direkt gegenüber dem Museum of Modern Art. Das Haus hatte eine braune Sandsteinfassade, im Erdgeschoss war eine Galerie, im ersten Stock eine Fotoagentur, im zweiten eine Firma, die afrikanische *objets d'art* verkaufte, und Dennis residierte ganz oben.

Es war zehn am Mittwoch Vormittag. Laraine hatte mein Hemd gewaschen und gebügelt und auch meinen Anzug wieder in Form gebracht. Ich sah einigermaßen brauchbar aus. Und so fühlte ich mich auch. Schwer zu sagen, was davon auf Laraines Konto ging, aber ich schätze, eine ganze Menge. Wir hatten zusammen gefrühstückt, bevor sie dann zur Arbeit ging. Sie saß mir gegenüber, nur in Slip und BH, und wir tranken Orangensaft und Kaffee, und es war das erste Mal seit langer Zeit, dass ich den Tag nicht verkatert begann. Wir unterhielten uns, während sie sich anzog. Ich sagte ihr, dass ich wahrscheinlich den ganzen Tag über in der Stadt zu tun haben würde, und sie nahm mir das Versprechen ab, mittags irgendwo etwas zu essen. Außerdem bestand sie darauf, dass ich gegen sechs wieder zu ihr käme. Dann würde sie das Abendessen fertig haben, sagte sie. Ich half ihr mit dem

Reißverschluss hinten an ihrer Bluse. Ich habe immer den Verdacht, dass das eine Masche der Frauen ist, um einem Mann das Gefühl zu geben, ein Mann zu sein. Schließlich gibt es jede Menge Frauen, die allein leben und nicht mit halb offenem Reißverschluss herumlaufen. Sie kriegen ihn, *ipso facto*, alleine zu. Aber ob nun Masche oder nicht, ich genoss es. Laraine gab mir einen Kuss, bevor sie ging. Auch das genoss ich. Ich schenkte mir noch einen Kaffee ein und machte mich dann auf den Weg zu Knowles' Büro.

Vor der Tür des Fotografen warteten ein paar junge Mädchen, die anscheinend vom Land kamen, jedenfalls hing ihnen noch das Stroh aus den Ohren. Sie sahen mich hoffnungsvoll an, als ich die Treppe heraufkam, und wandten sich enttäuscht ab, als ich an ihnen vorbeiging. Im zweiten Stock hing eine große afrikanische Maske an der Tür. Ich zuckte zusammen.

Knowles hatte ein geschmackvoll eingerichtetes Büro in der obersten Etage. Das Geschäft mit dem Eindrücken von Hoteltüren musste sich prächtig entwickelt haben, seitdem ich ihn das letzte Mal gesehen hatte. Ich betrat das schicke Empfangszimmer mit der schicken Sekretärin mit einem braunen Schopf, die zu mir aufsah, als ich eintrat. »Ich würde gern Mr. Knowles sprechen.«

»Wen darf ich melden?«

Ich überlegte einen Moment, ob ich ihr meinen Namen verraten sollte. Dennis und ich hatten uns nicht mehr in die Augen geguckt, seit ich mich auf meine eigenen Beine gestellt hatte. Würde er »Matt Cordell« hören, käme er vielleicht wie eine Furie aus seinem Büro gestürzt. Ich entschied mich dafür, noch einmal meinen alten Freund, den Taxifahrer, zu bemühen.

»Joe Phillips«, sagte ich.

»Nehmen Sie bitte Platz, Mr. Phillips«, sagte der Braunschopf. »Ich werde mal sehen, ob Mr. Knowles frei ist.«

Ich setzte mich, und sie griff nach dem Telefonhörer. Das Gespräch dauerte nicht lange. »Gehen Sie gleich zu ihm rein«, sagte sie, nachdem sie aufgelegt hatte.

Ich betrat sein Büro, schloss die Tür hinter mir und lehnte mich dagegen. Knowles sah auf, wirkte wenig überrascht und grinste mich an. »Joe Phillips, wie?«

»Hallo, Dennis«, sagte ich.

Er saß hinter seinem Schreibtisch, ein hochgewachsener, kräftiger Mann in einer leichten Sportjacke. Eins neunzig und vielleicht zweihundert Pfund, anscheinend die Standardgröße für Privatdetektive. Die meisten Schnüffler, die ich kenne, sind groß und bringen einiges auf die Waage, und Knowles machte da keine Ausnahme. Seine Schultern hoben sich als imposante Silhouette gegen die Fenster hinter seinem Rücken ab. Draußen befand sich ein kleiner Balkon zur Straße hinaus. Ich fragte mich, ob er da manchmal stand und über das Knacken von Türen meditierte. Er betrachtete mich eingehend und grinste noch immer. Er hatte gute Zähne und ein mächtiges Kinn. Seine braunen Augen wirkten intelligent und zugleich verschlagen. Die Nase war ihm einmal bei einem Faustkampf zu Bruch gegangen. Das weiß ich zufällig, weil ich derjenige bin, der sie ihm eingeschlagen hat.

»Setz dich, Matt«, sagte er, und das machte mich sofort misstrauisch. Ich ließ mich in den Ledersessel neben seinem Schreibtisch sinken. Knowles streckte mir eine Kiste mit Zigarren entgegen. Ich nahm eine heraus, zündete sie aber nicht an. Stattdessen steckte ich sie in die Brusttasche meiner Jacke.

»Gut siehst du aus, Dennis«, sagte ich.

»Danke.« Er zündete seine Zigarre an und blies den Rauch in meine Richtung. »Was führt dich zu mir, Matt?«

»Wollen wir gleich geschäftlich werden?«

»Worüber willst du sonst mit mir reden? Über meine Nase?«, grinste er.

»Der kleine Haken steht dir gut«, sagte ich.

»Danke. Allerdings wäre ich auch ganz gut ohne ausgekommen.« Er hielt einen Moment inne, bevor er fortfuhr. »Ich hätte nie gedacht, dich jemals wiederzusehen. Soll ich mich vielleicht dafür entschuldigen, dass ich damals deine Frau beleidigt habe?«

»So, wie ich die Dinge sehe, ist es mit der gebrochenen Nase abgetan. Wir sind quitt.«

»Wie ich die Dinge sehe«, sagte Knowles, »ist die einzige Wiedergutmachung für eine gebrochene Nase ebenfalls eine gebrochene Nase.«

»Und das heißt, Dennis?«

»Das heißt, wir sollten nicht lange um die Dinge herumreden. Was zum Teufel willst du hier?«

»Ahhh«, sagte ich. »Das ist der alte Dennis Knowles, wie ich ihn kenne.«

»Ich bin ein vielbeschäftigter Mann«, sagte Knowles. »Wenn du hergekommen bist, um mit mir zu plaudern, das war noch nie meine Stärke. Wenn du gekommen bist, um mich anzubetteln, dann lass dir sagen, dass wir in schweren Zeiten leben. Wenn du hier bist, um dir meine Nase noch einmal vorzunehmen, dann rate ich dir, es nicht zu versuchen. Also, was willst du?«

»Es geht um eine Frau, die Christine Archese heißt«, sagte ich.

»Was ist mit ihr?«

»Warst du hinter ihr her?«

»Mach's gut, Matt«, sagte Knowles, und er stand auf und schlug dabei den Deckel der Zigarrenkiste zu. Er war größer, als ich ihn in Erinnerung hatte – trotzdem war er noch lange kein Riese.

»Ich habe nur höflich eine Frage gestellt, Dennis.«

»Wen interessiert das?«

»Hast du denn die Zeitung noch nicht gelesen?«

»Ich lese niemals Zeitungen«, entgegnete Knowles. »Das macht mich nur nervös.«

»Dom Archese wurde gestern erschossen.«

Knowles setzte sich wieder. Er war keineswegs erschrocken oder ließ sonst irgendeine Reaktion erkennen. Er wirkte nur müde. Er setzte sich hin, schnippte die Asche von seiner Zigarre und zog daran, als würde ihn überhaupt nicht interessieren, was er gerade erfahren hatte. »So?«, sagte er schließlich.

»Zwei Kugeln in die Brust. In seiner Schneiderei. Hat Christine mit anderen Männern herumgemacht?«

»Warum interessiert dich das?«

»Ein Freund von mir ist in Schwierigkeiten.«

»Bist du wieder dabei?«

»Nein. Ich will nur einem Freund einen Gefallen tun.«

»Der gute Samariter«, sagte Knowles. »Klienten gegenüber gibt es so etwas wie eine Verschwiegenheitspflicht, Matt. Das weißt du so gut wie ich. Du bist ganz schön dreist, wenn du mir die Bemerkung erlaubst. Als ich dich das letzte Mal gesehen habe, hast du mir die Nase gebrochen, weil ich etwas gesagt habe, das ohnehin in jeder verdammten Zeitung stand. Jetzt schneist du hier rein und verlangst von mir, dass ich etwas über einen Klienten ausplaudere.«

»Dein Klient ist tot, Dennis«, sagte ich.

»Was zum Teufel erzählst du da?«

»Hast du nicht gehört, was ich gesagt habe? Dom Archese wurde gestern erschossen.«

»Archese ist nicht mein Klient, und er ist es auch nie gewesen«, sagte Knowles.

Ich sah ihn an und zwinkerte. Er zwinkerte nicht zurück.

»Okay«, sagte ich. »Wenn du mir nicht helfen willst ...«

»Das ist die Wahrheit, du kannst es mir ruhig glauben«, sagte Knowles. »Du hast zwar keinerlei Anspruch darauf, dass ich dir gegenüber ehrlich bin, aber immerhin bist du der einzige Mistkerl, der mir eine verpasst hat und dafür nicht im Krankenhaus gelandet ist. Ich habe Respekt vor jemandem, der mit seinen Fäusten umgehen kann. Ich habe keine Angst vor dir, aber ich respektiere dich. Ich hoffe, du kennst den feinen Unterschied.«

»Den kenne ich.« Ich schwieg einen Moment lang. »Archese war nicht dein Klient?«

»Nein.«

»Wer dann?«

»Ich fürchte, das kann ich dir nicht sagen.«

Ich stieß einen Seufzer aus und fuhr mir mit der Hand über das Kinn. »Hör zu, Dennis, ein Freund von mir ist in ziemlichen Schwierigkeiten. Archese war sein Partner.«

»Sein *Partner*!«, sagte Knowles.

»Ja, was ...?«

»Dein Freund ist doch nicht zufällig Johnny Bridges?«

»Doch. Woher kennst du ihn?«

»Weil *er* mein Klient ist, verdammt noch mal!«

Es war still im Zimmer. Dennis zog an seiner Zigarre. Ich kratzte mich am Kopf.

»Johnny?«

»Ja. Ja, Johnny«

»Dein Klient?«

»Mein Klient.«

»Wieso?«

»Ach, warum zum Teufel soll ich es dir nicht erzählen?«, sagte Knowles. »Er kam vor ungefähr drei Monaten zu mir. ›Ich bin Johnny Bridges. Ich habe da einen Auftrag für Sie‹, sagte er.«

»Was für einen Auftrag? Handelte es sich um einen Diebstahl? War er deshalb hier?«

»Nein, nein, warum sollte ich mich mit so etwas abgeben? Du weißt doch, womit ich mein Geld verdiene. Und wegen einer solchen Sache war er hergekommen.«

»Aber Johnny ist gar nicht verheiratet«, sagte ich.

»Das weiß ich. Stimmt es auch, dass Johnny ein Freund von dir ist?«

»Natürlich.«

»Ich werde ihn danach fragen, wenn er sich das nächste Mal meldet.«

»Er wird sich so bald nicht melden, Dennis. Die Polizei hat ihn festgenommen.«

»Das ist ja großartig«, sagte Knowles. »Er schuldet mir noch Geld.«

»Womit hat er dich beauftragt, Dennis?«

»Er war verliebt«, sagte Knowles. »In eine Blondine.«

»Hat sie einen Namen?«

»Christine Archese.«

Langsam geriet ich durcheinander. Ich gebe es offen zu. Nichts von alledem passte in das Bild, das ich mir bisher gemacht hatte. Entweder log mir Dennis etwas vor, oder eine Menge Leute vor ihm hatten mir Märchen aufgetischt. Oder ich hatte schon zu lange keinen Whiskey mehr getrunken.

»Lass uns das mal auf die Reihe bringen«, sagte ich. »Du behauptest also, Johnny Bridges und Christine Archese sind ein Liebespaar?«

»Das hat er mir jedenfalls gesagt. Deshalb hat er mich eingeschaltet.«

»Was solltest du für ihn tun? Liebesgedichte schreiben?«

»Nein. Ich sollte Dom Archese für ihn beobachten.«

»Hör schon auf, Dennis! Was zum Teufel tischst du mir da auf?«

»Willst du die Geschichte nun hören oder nicht?«

»Ich will sie hören.«

»Okay, dann halt also den Mund. Ich will dir mal sagen, was einer deiner größten Fehler ist, Matt. Du kannst nicht zuhören. Ein guter Detektiv weiß, wann er den Mund zu halten hat.«

Ich hielt den Mund. Knowles nickte und zog an seiner Zigarre. »Offenbar wusste Dom Archese von der heißen Affäre und weigerte sich, einer Scheidung zuzustimmen und Christine freizugeben. Um ihm zu zeigen, dass es ihr ernst war damit, hat sie ihn vor ungefähr sechs Monaten vor die Tür gesetzt. Aber das ließ ihn nicht weich werden. Johnny und Christine warteten ab und hofften, dass er es sich schließlich anders überlegen würde. Vor drei Monaten dann sahen sie ein, dass das wohl nicht passieren würde. Also kam Johnny zu mir und fragte mich, ob ich etwas tun könne.«

»Und was war das?«

»Er ging einfach davon aus, dass jeder seinen Dreck am Stecken hat. Archese lebte seit drei Monaten von seiner Frau getrennt. Lag es da nicht auf der Hand, dass er sich vielleicht anderweitig ein wenig tröstete? Johnny beauftragte mich damit, das herauszufinden.«

»Und falls das nun nicht der Fall war?«

Knowles zuckte mit den Schultern.

»Du wolltest also etwas arrangieren?«, fragte ich.

»Ich habe ihm das nicht vorgeschlagen. Ich glaubte, das wäre nicht nötig.«

»Du warst also der Meinung, dass Archese etwas laufen *hatte*?«

»Darauf deutete einiges hin, ja«, sagte Knowles.

»Das glaube ich dir nicht«, sagte ich geradeheraus.

»Ich liege selten falsch«, sagte Knowles. »Bridges gab mir ein Bild von Archese, und er gab mir seine Adresse. Archese lebte allein, das stand schnell fest. Wir ließen ihn nicht aus den Augen und waren dabei, einiges gegen ihn zusammenzutragen. Und jetzt kommst du und erzählst mir, er sei tot.«

»So ist es.«

»Und Johnny ist in die Sache verwickelt?«

»Kann man wohl sagen. An der Wand standen die Anfangsbuchstaben seines Namens. Über der Leiche.«

Knowles sah mich schweigend an. »Was ist das eigentlich für ein Kerl, dieser Johnny Bridges?«, fragte er dann.

»Was fragst du mich? Er ist doch dein Klient.«

»Ja, aber er tat immer recht geheimnisvoll. Du weißt ja, wie sich die Leute manchmal aufführen. Es ist ihnen unangenehm, mit einem Privatdetektiv zu tun zu haben. Er wollte mir nicht einmal seine Adresse oder seine Telefonnummer geben. Er gab mir einen Vorschuss und kam dann jede Woche vorbei, um mich für die letzte Woche zu bezahlen, immer um die gleiche Zeit und stets so pünktlich, dass man die Uhr nach ihm stellen konnte. Er schuldet mir noch das Honorar für die letzte Woche. Meinst du, sie werden ihn auf Kaution freilassen?«

»Ich hoffe es.«

»Das hoffe ich auch. Ich brauche das Geld. Für gewöhnlich hat er mich zwei-, dreimal die Woche angerufen. Wenn sie ihn gehen lassen, wird er sich wohl melden, oder?«

»Wahrscheinlich.«

Ich brauchte einen Drink. Ich war ganz schön durcheinander. Nichts schien mehr zusammenzupassen. Mir kam der Gedanke, dass Johnny Bridges Archese vielleicht tatsächlich erschossen haben mochte, falls es stimmte, was Knowles mir erzählt hatte. Vielleicht zeigten die Initialen an der Wand tatsächlich auf den Mörder. Was heißen würde, dass mich jeder außer Knowles belogen hatte. Johnny hatte gelogen, und Christine hatte gelogen, und sogar Laraine hatte gelogen. Das ergab alles überhaupt keinen Sinn.

»Hast du den Fall selbst bearbeitet, Dennis?«, fragte ich.

»Nein.«

»Wer dann?«

»Einer meiner Leute. Eine Frau, sie heißt Fran West.«

»Eine Frau?«

»Hm, ja. Keine schlechte Masche. Setz eine Frau auf den Kerl an, und er kommt niemals auf die Idee, dass er beschattet wird. Männer sind immer nur vor anderen Männern auf der Hut – nicht schlecht, was?«

»Schon möglich. Eine Frage noch, Dennis.«

»Schieß los. Und dann scher dich zum Teufel. Ich habe zu tun.«

»Sagst du die Wahrheit?«

Dennis Knowles grinste. »Was meinst *du* denn, Matt?«, sagte er. »Würde ich dich jemals belügen?«

Ich ging die Treppe hinunter, vorbei an der afrikanischen Maske, vorbei an den Mädchen vom Lande, die ungeduldig darauf warteten, sich – wahrscheinlich nackt – für irgendein Käseblatt fotografieren zu lassen, und dann vorbei an der Galerie im Erdgeschoss, in deren Fenster die Bilder eines mexikanischen Malers hingen, von dem ich noch nie gehört hatte. Es war erst elf, aber die Sonne stach schon heiß vom Himmel, und der Asphalt dampfte. Es würde wieder ein drückender Tag werden, und der klare blaue Himmel verhieß keinerlei erfrischenden Regen. Ich lockerte meine Krawatte und ging über die Straße und ins Museum.

Ich hasse Ungereimtheiten. Wahrscheinlich ist das einer der Gründe, warum ich Detektiv geworden bin. Ungereimtheiten machen mich nun einmal verrückt. Auf der Highschool war ich gut in Mathematik gewesen, vor allem wohl deshalb, weil ich es nicht ertragen konnte, ein Rätsel ungelöst zu lassen. Ich musste die Teile zusammenfügen, bis ich die richtige Antwort hatte, und Mathematik ließ nie einen Zweifel zu, ob die Lösung stimmte. Das Leben funktioniert nicht nach den Gesetzen der Mathematik, aber wenn man zwei und zwei zusammenzählt, kommen in der Regel vier heraus. Jetzt zählte ich zwei und zwei zusammen und landete bei fünf. Oder sieben. Oder neun. Aber ich landete nicht bei vier. Ich gab mir die größte Mühe, herauszufinden, wer welche Rolle spielen mochte, die möglichen Gründe für mögliche Lügen zu erkennen. Niemand lügt, wenn er keinen Grund dafür hat. Warum also logen all diese Leute?

Ich brauchte einen Drink, holte mir aber stattdessen einen Kaffee am Tresen des Museumsrestaurants. Ich nahm ihn mit nach draußen und setzte mich zwischen die großen Statuen in den Garten. Es war ruhig und friedlich hier. Toni und ich hatten oft hier gesessen. Wenn man mitten in der hektischsten Stadt der Welt seine Ruhe haben will, dann findet man sie hier. Und so war es auch an diesem Mittwoch, als ich hier meinen Kaffee schlürfte.

Wenn Dennis Knowles die Wahrheit gesagt hatte, dann hatten alle anderen gelogen – entweder indem sie mir etwas erzählten, oder indem sie mir etwas verschwiegen.

Johnny hatte sich wegen der Diebstähle aus seiner Kasse an mich gewandt. Er hatte mit keinem Wort seine Hinwendung zu Christine Archese erwähnt und dass sie sich von Dom scheiden lassen wollte. Und er hatte kein Wort davon gesagt, dass er sich an Dennis Knowles gewandt hatte.

Christine hatte sich, als sie vom Tod ihres Mannes erfuhr, wie eine indianische Squaw in der Asche gewälzt. Wenn sie Johnny wirklich liebte, wenn sie eine Scheidung wollte, dann hatte sie mir ihre Trauer vorgespielt, mich belogen. Laraine hatte mir gesagt, dass Dom Knowles engagiert habe, um seine Frau Christine zu observieren. Und Knowles hatte mir gerade erzählt, dass ihn Johnny Bridges angeheuert habe.

Wenn Knowles gelogen hatte …

Das war natürlich eine Möglichkeit. Die gebrochene Nase hatte er sportlich genommen, aber ich war mir nicht sicher, wieweit ich ihm trauen konnte. Ein Mann, der seinen Lebensunterhalt damit verdient, dass er Türen aufbricht, ist nicht unbedingt der Typ, der es so leicht vergisst, wenn er eins auf die Nase bekommt. Auf der anderen Seite hatte es sich recht ehrlich angehört, als er mir gegenüber seinen Respekt bekundet hatte. Und ich hielt ihn für jemanden, der seinen eigenen Ehrenkodex hatte und sich daran hielt.

Warum zum Teufel hätte er mich belügen sollen?

Die Nase. Gut, vielleicht war er ja immer noch nicht darüber hinweg und machte sich einen Spaß daraus, es mir heimzuzahlen, indem er mich mit einer völlig verrückten Geschichte aus dem Konzept brachte. Das war immerhin eine Möglichkeit.

Andererseits wusste er, dass ich für meine Arbeit nicht bezahlt wurde, und der Einzige, dem es wirklich schaden würde, wenn er mir einen Bären aufband, war Johnny Bridges, dem ich zu helfen versuchte. Wenn Johnny Knowles nicht engagiert hatte, dann gab es für ihn keinen Grund, einem Mann zu schaden, den er nicht einmal kannte. Und wenn er es hatte, dann würde er sicherlich nicht einen Klienten in die Pfanne hauen, der ihm noch Geld schuldete.

Durch den Garten wehte eine leichte Brise. Die Brise umspielte den offenen Kragen meines Hemdes wie eine zärtliche Liebkosung. Ich trank meinen Kaffee und gab mir Mühe, nicht an meine früheren Zeiten hier zu denken, aber es schien unmöglich, diese Gedanken zu unterdrücken, die Erinnerungen daran, wie ich hier mit Toni gesessen hatte, diese Erinnerungen, die mich immer und überall verfolgten und einholten, egal was ich tat, egal wohin ich ging.

Ich stellte den Kaffeebecher auf den Boden unter der Bank.

Ich stand auf und ging zurück ins Museum. Mir war überhaupt nicht danach zumute, etwas zu unternehmen, aber mir war auch nicht danach zumute, mich von Ungereimtheiten quälen zu lassen. Knowles hatte gesagt, dass eine Frau namens Fran West den Fall bearbeitet hatte. Wenn er mir ein Märchen erzählt hatte, würde sie es mir sagen können. Vorausgesetzt, dass sie bereit war, darüber zu reden. Vorausgesetzt, Dennis hatte sie nicht längst angerufen und ihr die Geschichte erzählt. Vorausgesetzt, ich würde sie im Telefonbuch finden. Vorausgesetzt, sie war zu Hause.

Ich fand eine Francine West in der 10. Straße im Village. Ich wartete vor der Telefonzelle, in der eine dicke Frau einem Mr. Arbiter von dem Rouault-Druck erzählte, den sie gekauft hatte, und sich mit ihm beratschlagte, ob der über ihr chartreusefarbenes Sofa passte.

»Das Bild hat alle möglichen Farbtöne«, beharrte sie. »Natürlich auch Chartreuse. Hätte ich es gekauft, wenn nicht auch Chartreuse dabei wäre?«

Ich wartete.

Endlich schien sich die Frau mit Mr. Arbiter einig zu sein. Sie trat aus der Zelle und warf mir ein Lächeln zu. »Himmel, ist das heute heiß, was?«

Ich nickte. In der Telefonzelle hing noch immer eine dicke Wolke ihres Parfums. Ich ließ die Tür offen, schob eine Münze in den Schlitz und wählte Fran Wests Nummer. Ein Anruf kann einem oft lange Wege ersparen. Ich ließ das Telefon viermal klingeln. Beim fünften Mal wurde der Hörer abgenommen.

»Ja?«, sagte eine Frauenstimme.

»Miss West?«

»Ja.«

Ich hängte ein und machte mich auf den Weg.

6

Ich mag das Greenwich Village.

Das Village liegt nicht weit entfernt von der Bowery, und vielleicht ist ja das der Grund, warum ich mich dort fast zu Hause fühle. Es laufen hier eine Menge zwielichtige Gestalten herum, aber man trifft im Village auch die lebendigsten und kreativsten Leute der Stadt. Und wenn man ein wenig auf der Hut ist und sich nicht einwickeln lässt von den verkrachten Existenzen, die auf den Dachböden oder in Kellerlöchern hausen, die nie einen Cent in der Tasche haben und sich als Künstler ausgeben, dann kann man hier äußerst talentierten und begabten Menschen begegnen, von denen es heutzutage viel zu wenige gibt. Natürlich leben hier auch ganz normale Angestellte, die ihre Jobs in anderen Vierteln haben und jeden Tag hin- und herpendeln, ganz einfach weil sie die Atmosphäre dieser kleinen Stadt inmitten dieser riesigen Stadt lieben. Hier geht es bunt und lebendig zu, manchmal hart und brutal, und manchmal siehst du Dinge, dass du am liebsten kotzen möchtest. Unter dem Strich ist es aber einfach nur eine Gegend, in der die Menschen leben, und die meisten von ihnen sind in Ordnung.

Die Straße, in der Fran West wohnte, war ruhig und heiß.

Ich dankte Gott dafür, dass ihr Haus mit einer Klimaanlage ausgestattet war, deren Lüftungsventilatoren auf jeder Etage aus den Fenstern ragten, und ich hoffte, die in ihrer Wohnung würde funktionieren. Ein alter Mann war gerade dabei, die Stufen vor dem Eingang zu wischen. Er trat zur Seite, um mich durchzulassen, und hielt den Stiel seines Schrubbers dabei mit einer Hand umklammert wie ein Wachsoldat mit durchgedrücktem Rücken den Lauf seiner Flinte.

»Zu wem wollen Sie denn?«, fragte er.

»Zu Francine West«, erwiderte ich.

»Dritter Stock«, sagte er. »Sind Sie ein Freund von ihr?«

»Nur geschäftlich.«

»Das ist nämlich mein Haus«, sagte der Alte. »Und ich passe auf, dass sich hier niemand herumtreibt. Wenn Sie etwas zu erledigen haben bei ihr, dann gehen Sie rauf, aber kommen Sie bald wieder runter, denn sonst komme ich nach oben.«

»Sie hätten mich doch tatsächlich beinahe getäuscht«, sagte ich.

»Was meinen Sie?«

»Sie haben den Bart abgenommen, stimmt's?«

»Wie?«

»Keine Angst. Ich werde keinem sagen, dass Sie noch am Leben sind.«

»Ich verstehe nicht ...«

»Keine Sorge, Adolf, ich werde es niemandem sagen.«

Ich ließ ihn einfach stehen, in der einen Hand den Schrubber, mit der anderen kratzte er sich am Kopf. Ich klingelte bei Francine West, Apartment 3C, und drückte die Tür auf, als es summte. Die Treppenhauswand zur Straße war irgendwann einmal durch eine große Fensterscheibe ersetzt worden. Sonst aber war alles beim Alten, ein hölzernes Treppengeländer und knarrende Stufen, die nach oben führten. Ohne Hast machte ich mich auf den Weg in den dritten Stock. Oben angekommen, hielt ich Ausschau nach Nummer 3C, fand die Tür, griff nach dem eisernen Ring und ließ ihn gegen das Holz hämmern.

Hinter der Tür ertönte eine Stimme. »Wer ist da?«

»Matt Cordell«, antwortete ich.

Schweigen. »Ich kenne Sie nicht.«

»Dennis Knowles schickt mich.«

»Wie soll ich wissen, dass das stimmt?«

»Keine Ahnung. Machen Sie auf und lassen Sie es darauf ankommen. Vergewaltigungen am helllichten Tage kommen selten vor.«

Hinter der Tür hörte ich ein unterdrücktes Lachen. Dann hörte ich, wie der Riegel zurückgeschoben wurde, und die Tür wurde einen Spalt geöffnet. »Was wollen Sie, Mr. ...«, sagte Fran West hinter der Sicherheitskette.

»Cordell. Ich möchte mit Ihnen über Dom Archese sprechen.«

»Was ist mit ihm?«

»Wollen wir darüber nicht lieber drinnen reden?«

»Es geht doch auch so«, sagte Fran.

»Die Nachbarn könnten zuhören. Es ist vertraulich.«

»Ich habe nur einen Nachbarn, und der geht morgens um halb sieben zur Arbeit.«

»Dennis wird es gar nicht gefallen, wie Sie seinen neuen Mitarbeiter behandeln.«

»Sie arbeiten für Dennis?«

»Ja.«

»Seit wann denn?«

»Seit heute Vormittag.«

»Dann haben Sie bestimmt nichts dagegen, wenn ich ihn kurz anrufe und nachfrage.«

»Überhaupt nicht.«

»Ihr Name ist Cordell?«

»Matt Cordell, richtig. Vielleicht könnten Sie das Gespräch

mit ihm aber kurz halten, geht das? Ich hasse es nämlich, in Hausfluren herumzustehen.«

Fran dachte einen Moment lang über meine Worte nach. »Sie klingen ganz in Ordnung«, sagte sie dann und nahm die Kette ab. In der Wohnung war es dreißig Grad frischer als im Treppenhaus. Die kühle Luft packte mich schlagartig, und ich fing fast an zu schlottern. Fran schien die Kälte nichts auszumachen. Sie trug einen schwarzen Pulli und eine dünne schwarze Hose, deren Beine sich nach unten hin verjüngten. Sie hatte schwarze Hausschuhe an, und ihr Haar war ebenfalls schwarz, so schwarz, wie ich es noch bei keiner Frau gesehen hatte. Sie hatte braune Augen und war nicht geschminkt, kein Gesichtspuder, kein Lippenstift, was sie angesichts dieser wunderbaren braunen Augen auch gar nicht nötig hatte.

»Gehen wir ins Wohnzimmer«, sagte sie, und ich folgte ihr in einen Raum mit einem Kamin an der einen Wand und gelben Nylonvorhängen an der gegenüber. Sie blieb vor den Vorhängen stehen, ein schwarzer Schatten vor saftigem Zitronengelb. »Setzen Sie sich.«

»Danke.« Ich setzte mich. Auf dem Tisch stand eine Box mit Zigaretten, und ich öffnete den Deckel und nahm mir eine.

»Was ist mit Archese?«, sagte sie.

»Er ist tot.«

»Ermordet oder ein Unfall?«

»Er wurde erschossen.«

»Na prima«, sagte Fran. Sie beugte sich zu dem Tisch hinab und nahm sich ebenfalls eine Zigarette. Zuvorkommend, wie ich nun mal bin, gab ich ihr Feuer. Sie blies mir den Rauch ins Gesicht. »Wann ist das passiert?«, fragte sie.

»Gestern Nachmittag.«

»Ich schätze, ich sollte mir doch endlich mal eine Tageszeitung zulegen«, sagte sie. »Ich schlafe gern lange. Wenn ich etwas mitkriege, dann ist die Nachricht schon vier Tage alt. Was haben Sie mit der Sache zu tun?«

»Dennis hat mich engagiert«, log ich. »Ich habe vor langer Zeit schon einmal für ihn gearbeitet.«

»Was soll denn das? Ist er mit meiner Arbeit nicht mehr zufrieden?«

»Doch, durchaus. Aber ein Mord verkompliziert die Dinge ein wenig. Er meint, dass da nun ein Mann ranmüsse.«

»Warum?«, fragte sie, und das war eine verdammt gute Frage, denn ich kenne kaum einen Privatdetektiv, der sich mit Mordfällen abgibt. In dem Moment, wo Mord ins Spiel kommt, legt ein Detektiv in der Regel seine Rechnung auf den Tisch und verschwindet in der Wüstennacht.

»Johnny Bridges ist in die Sache verwickelt«, sagte ich. »Er ist noch immer unser Klient, solange wir nichts anderes von ihm hören. Wir könnten ihm wahrscheinlich eine Menge Ärger ersparen, wenn wir nachweisen können, wo er wann war und was er getan hat ...«

»Lassen Sie das Geschwafel«, sagte Fran. »Sagen Sie mir lieber, warum Dennis jetzt Sie darauf angesetzt hat.«

»Er macht sich Ihretwegen Sorgen«, spann ich meine Geschichte weiter.

»Ach was!«

»Doch, das tut er. Schließlich läuft da draußen ein Mörder herum – wer kann da wissen, was noch alles passiert?« Ich zuckte mit den Schultern und gab mir Mühe, einen besorgten Eindruck zu machen.

»An dem Tag, an dem Dennis Knowles anfängt, sich um etwas anderes Sorgen zu machen als um sich selbst, kaufe ich mir einen gepolsterten Büstenhalter«, sagte Fran. Das Bild war an mir keineswegs verschwendet. Ihre Brüste unter dem Pulli waren voll und spannten die schwarze Wolle und verhießen eine Weichheit, von der jeder Badeschwamm nur träumen konnte.

»Ich weiß, was Sie meinen«, sagte ich. »Aber da Dennis mich nun einmal engagiert hat und wir damit im selben Boot sitzen, könnten wir jetzt vielleicht mal den Argwohn beiseitelassen und zur Sache kommen.«

Fran zuckte mit den Schultern. »Ich kann daraus jedenfalls nur einen Schluss ziehen, und zwar dass Dennis nicht zufrieden ist mit mir.«

»So ist es nicht«, sagte ich. »Es ist doch nicht ungewöhnlich, dass mehrere Leute an einem Fall arbeiten. Das müssten Sie eigentlich wissen. Wie lange arbeiten Sie schon für ihn?«

»Noch nicht sehr lange.«

»Wie lange?«

»Genau genommen ist dies mein erster richtiger Fall. Ich bin sozusagen aufgestiegen, was meinen Beruf betrifft. Vorher war ich ... Modell.«

»Oh.« Sie brauchte mir das nicht näher zu erläutern. Dennis hatte Fran also als Köder engagiert. Fran West war eins der Mädchen, die man, mehr oder weniger nackt, in den Armen scheidungsunwilliger Ehemänner vorfand, nachdem die Hoteltür aufgebrochen worden war. Ich stellte sie mir mehr oder weniger nackt vor. Den entsprechenden Fotos dürfte es sicher kaum an Überzeugungskraft fehlen. Sie wirkte keineswegs wie eine Professionelle, keine verhärteten Gesichtszüge, nichts Aufgetakeltes. Sie sah einfach nur wie ein nettes Mädchen aus – und wahrscheinlich war sie das auch.

»Ich kann Ihnen förmlich ansehen, was Sie jetzt denken«, sagte sie. »Aber Sie ziehen die falschen Schlüsse.«

»Tue ich das?«

»Ungenügende Beweise«, sagte sie und lächelte. »Ein Detektiv sollte seinen Fall niemals auf unbewiesenen Tatsachen aufbauen. Eine Weisheit, die der große Mann mir höchstpersönlich eingetrichtert hat.«

»Dennis?«

»Dennis. Aber es stimmt nun mal, Mr. Cordell, ich habe tatsächlich als Modell gearbeitet. Ich finde das Wort allerdings nicht besonders glücklich, weil die meisten Menschen dabei sofort an Modepüppchen denken. Dafür bin ich jedoch nicht geeignet. Modefotografen sind immer auf der Suche nach dem gleichen Typ: markantes Gesicht, kleine Brüste, knabenhafte Hüften und lange, dünne Beine. Mein Gesicht ist eher blass, und ich neige etwas zur Fülligkeit. Ziehen Sie mir ein Hemd an, und ich fülle es aus.«

»Und wofür haben Sie dann Modell gestanden?«

»Für Käseblätter.« Pause. »Für die muss man nicht gerade das Gesicht einer ägyptischen Göttin haben. Die Leser solcher Magazine achten nicht auf Gesichter.«

»Warum haben Sie damit aufgehört?«

»Ich war eines Tages zufällig in einem Tauschladen, und da habe ich gesehen, was das für Leute sind, die diese Magazine kaufen. Ich wollte damit nichts mehr zu tun haben, das war es mir nicht wert. Ich bin eine starke Frau. Ich habe einen Judokurs gemacht und mich bei der Polizei beworben. Aber ich habe die schriftliche Prüfung nicht bestanden. Wahrscheinlich bin ich nicht besonders klug. Ich bekam dann den Job bei Dennis. Egal, wahrscheinlich würde ich heute in der U-Bahn Schwarzfahrer hopsnehmen, wenn ich bei der Polizei gelandet wäre. So habe ich es wenigstens mit handfesten Fällen zu tun.«

»Womit wir wieder bei Johnny Bridges wären.«

»Wenn Sie meinen.« Sie zuckte mit den Schultern. »Möchten Sie einen Drink oder sonst etwas?«

»Einen Drink, ja gern.«

Sie ging hinaus in die Küche und kehrte mit einer Flasche Bourbon zurück. »Ich trinke nie vor drei Uhr nachmittags«, sagte sie. »Einer meiner Grundätze. Ist Bourbon okay?«

»Bourbon ist prima. Was haben Sie denn sonst noch für Grundsätze?«

»Ach, das würde Sie nur langweilen. Außerdem wollten Sie doch mit mir über Johnny Bridges reden, oder?«

»Es kommt nicht oft vor, dass ich mit einem netten Mädchen etwas trinke.«

»Danke für die Blumen.«

»Was noch für Grundsätze?«

»Erstens: Keinen Drink vor drei Uhr nachmittags. Zweitens: Trage niemals einen Gürtel. Drittens: Lade niemals einen Mann auf einen letzten Drink zu dir nach Hause ein, wenn du nicht willst, dass er über Nacht bleibt. Viertens: Benimm dich wie eine Lady. Fünftens: Es sei denn, es ist unmöglich.«

Ich musste lachen. Fran ebenfalls.

»Das sind wirklich gute Grundsätze«, sagte ich. Ich fing an, sie zu mögen. Sie strahlte eine angenehme Frische und Offenheit aus. Frische ist etwas, das Frauen vor allem dann zu kultivieren versuchen, wenn der Lack schon abzublättern begonnen hat, und sie wirken dann ungefähr so frisch wie der römische Senat. Bei Fran war das ganz anders. Ihre Frische war nicht aufgesetzt, sondern völlig natürlich. Ebenso ihre Offenheit. So etwas lässt sich nicht vorspielen. Entweder man ist offen, oder man ist es nicht. Und sie war es. Wenigstens war ich dieser Meinung.

»Was haben *Sie* denn für Grundsätze?«, sagte sie und reichte mir den Bourbon. »Oder gehören Sie zu den Menschen, die keine haben?«

»Doch, ein paar habe ich.«

»Es müssen mindestens fünf sein. Sonst sind es nur Vorsätze.«

»Grundsatz Nummer eins«, sagte ich, »lautet: Nimm jeden Drink an, der dir angeboten wird, und zwar ohne Rücksicht auf die Tageszeit. Zweitens: Trage niemals einen Gürtel.

Drittens: Verwechsle niemals ein ernst gemeintes Angebot mit einer Einladung auf einen letzten Drink. Viertens: Sei dir immer im Klaren darüber, dass du eine Lady vor dir hast, wenn du eine Lady vor dir hast. Fünftens: Es sei denn, es ist unmöglich.«

»Sind Sie sich denn darüber im Klaren?«, fragte Fran.

»Ich bin mir im Klaren.«

»In diesem Brooks-Brothers-Anzug scheint ja in der Tat ein wahrer Poet zu stecken.«

Wieder musste ich lachen, diesmal auf meine Kosten. Mein Anzug war so weit davon entfernt, von Brooks Brothers zu stammen, wie ich davon entfernt war, Adolphe Menjou ähnlich zu sehen. »So gelacht habe ich schon lange nicht mehr«, sagte ich.

»Das ist gut. Die Leute lachen viel zu selten, finden Sie nicht auch? Das Leben ist ernst genug. Vielleicht sollte ich heute ausnahmsweise einmal eine Ausnahme machen und auch einen Drink zu mir nehmen.«

»Grundsatz Nummer sechs«, sagte ich. »Setz dich niemals über die Grundsätze eins bis fünf hinweg.«

Fran warf mir ein Lächeln zu. »Nummer sieben: Verquirle niemals Geschäft und Vergnügen. Vielleicht sollten wir nun über Johnny Bridges reden?«

»Wenn Sie meinen ...«

»Viel lieber würde ich mit Ihnen trinken und etwas Spaß haben, aber ich glaube kaum, dass uns Dennis dafür bezahlt.«

»Nein, sicher nicht.«

»Okay. Johnny Bridges. Ich war gerade im Büro, als er zum ersten Mal auftauchte. Er sagte, er habe sich in eine verheiratete Frau verliebt, deren Mann von einer Scheidung nichts wissen wolle. Wir sollten den Mann beschatten, bis wir etwas gegen ihn hätten.«

»Dieser Mann war Dom Archese?«

»Ja.«

»Und Sie haben ihn beschattet?«

»Ja, jeden Tag.«

»Haben Sie etwas gegen ihn in die Hand bekommen?«

»Einiges.«

»Zum Beispiel?«

»Zum Beispiel eine kleine Blondine, mit der er sich öfters traf. Ziemlich regelmäßig.«

»Eine Blondine? Hat sie einen Namen?«

»Laraine Marsh.«

Darauf musste ich erst einmal einen Schluck nehmen. »Christines Schwester? Dom hat sich mit *ihr* getroffen?«

»Ich wusste gar nicht, dass sie Christines Schwester ist«, sagte Fran verdutzt. »Das verkompliziert die Sache ein wenig, was?«

»Mehr, als Sie glauben. Sind Sie sicher, dass Dom sich mit ihr traf?«

»Regelmäßig. Einmal oder zweimal die Woche.«

»Wie nahe standen sie sich denn?«

»Schwer zu sagen. Mir schien es schon einigermaßen ernst zu sein, meistens sahen sie sich am Freitag oder Sonnabend und gingen abends aus. Aber er war auch oft bei ihr. Wir haben mit dem Gedanken gespielt, ihr eine Wanze ins Telefon zu setzen, um zu sehen, wie eng das wurde mit den beiden. Aber jetzt, wo Dom tot ist …« Fran zuckte mit den Schultern.

»Haben Sie Bridges davon unterrichtet?«

»Ja.«

»Wann?«

»Irgendwann in der vergangenen Woche. Wir schlugen ihm vor, das Telefon abzuhören, und er sagte, er wolle es sich überlegen. Ehrlich gesagt kam es mir so vor, als finge er langsam an, das Interesse an der Sache zu verlieren. Keine Ahnung, warum. Er wollte ja, dass sich Dom von Christine scheiden ließ, und in diese Richtung zielte das, was wir unternahmen. Aber er schien nicht sonderlich beeindruckt von dem, was wir ihm berichteten. Vielleicht begann sich seine Liebelei ja auch langsam abzukühlen. Durchaus möglich.«

»Das geht manchmal schneller, als man denkt.«

»Manchmal ja«, sagte Fran.

»Ich habe keine Idee, was ich davon halten soll«, sagte ich ihr ganz offen. »Aber Sie sind sich ganz sicher, dass sich Dom Archese und Laraine Marsh häufig trafen?«

»Absolut sicher.«

»Und Sie wussten nicht, dass sie Christines Schwester war?«

»Nein. Ich schätze, ich habe es verpatzt, was? Sie war mehrere Male in der Wohnung, aber natürlich dachte ich, sie würde Dom sehen. Eine bezaubernde Schwester, was?«

»Ziemlich bezaubernd.«

»Kennen Sie sie?«

»Ich kenne sie.«

»Würden Sie Miss Marsh auch als Lady ansehen?«

»Dafür fehlen die Beweise«, sagte ich. »Ein Detektiv sollte seinen Fall niemals auf unbewiesenen Tatsachen aufbauen.«

»So wie es die Polizei bei Ihnen getan hat?«, fragte Fran. Das Lächeln war aus Ihrem Gesicht verschwunden.

»Wie?«

»Eben fiel es mir wieder ein. Ich habe über Sie in der Zeitung gelesen.«

»Okay«, sagte ich.

»Ich glaube nicht, dass Sie für Dennis arbeiten«, sagte Fran.

»Nein?«

»Nein. Er hat mir einmal von einem Kerl erzählt, der ihm die Nase gebrochen hat. Mir ist so, als hätte er dabei Ihren Name erwähnt.«

»Durchaus möglich.«

»Für wen arbeiten Sie also?«

»Für niemanden. Ich versuche lediglich, einem Freund zu helfen.«

»Sie sind ein Kerl, den wahrscheinlich viele Frauen unwiderstehlich finden, Matt. Ich will Ihnen auch genau sagen, warum. Wollen Sie es hören?«

»Sicher.«

»Jede Frau der Welt weiß, dass Ihnen von einem schönen und aufregenden Mädchen übel mitgespielt worden ist. Himmel, alle Zeitungen waren voll mit ihren Fotos.«

»Ja«, nickte ich müde.

»Und es schmerzt Sie noch heute, auch nur darüber zu reden. Soll ich aufhören?«

»Das wäre mir lieb.«

»Mir aber nicht«, sagte Fran. »Was ich damit sagen will: Nur so kann ich mir erklären, warum Sie auf Frauen so anziehend wirken. Sie sind ein Mann, der verletzt worden ist, und zwar von einem hübschen Mädchen. Da gibt es natürlich zum einen den Mutterinstinkt, aber da ist auch noch etwas anderes. Etwas, das keine Frau ignorieren kann. Etwas, das jede Frau herausfordert. Wissen Sie, von welcher Herausforderung ich spreche?«

»Rücken Sie schon damit raus«, sagte ich.

»Jede Frau will wissen, ob es ihr gelingt, dass Sie sie ihretwegen vergessen können – wie hieß sie gleich?«

»Toni.«

»Richtig. Toni McAllister. Es ist diese Herausforderung, ob sie es schafft, ein neues Feuer in Ihnen zu entfachen. Ob es ihr gelingt, Ihnen derartig den Kopf zu verdrehen, dass Sie dieses Mädchen vergessen können, das für Sie alles auf der Welt ...«

»Hören Sie auf«, sagte ich.

»Und Ihr Widerstand verstärkt diese Herausforderung

noch«, sagte Fran. »Das ist es, was Sie so unwiderstehlich macht, Matt.«

»Sie können ziemlich hart und schonungslos sein«, sagte ich. »Mir gefällt der Gedanke überhaupt nicht, mich als verbotene Frucht zu betrachten, die das Ego von Frauen mit einem Minderwertigkeitskomplex nährt.«

»Mit Minderwertigkeitsgefühlen hat das überhaupt nichts zu tun. Meine Güte, das ist ein Kampf, der jeden Tag ausgefochten wird, überall. Sogar zwischen Töchtern und ihren Müttern. Sie wissen wirklich nicht sehr viel über Frauen.«

»Wahrscheinlich nicht.«

»Dann sollten Sie sie endlich kennenlernen«, sagte sie. »Anscheinend kann ich Ihnen noch eine Menge beibringen. Ich lasse mir so schnell nichts vormachen.«

»Etwas würde ich dann gern wissen«, sagte ich.

»Und das wäre?«

»Wieso sind Sie bei der Prüfung durchgefallen, als Sie zu den Cops wollten?«

Fran sah mich an, und schließlich fing sie an zu lachen. »An dem Tag, als Sie diesen Mistkerl wegen etwas, das nun einmal passiert, seit es Menschen gibt, zusammengeschlagen und damit Ihr eigenes Leben kaputt gemacht haben, haben Sie jeder Frau der Welt den Fehdehandschuh vor die Füße geworfen. Und Sie sollten einer Frau keinen Vorwurf machen, wenn sie ihn aufhebt.«

»Und Sie, nehmen Sie den Fehdehandschuh auf, Fran?«

»Das tue ich, wenn Sie mich lassen. Sie dazu zu bringen, diese Geschichte zu vergessen, wäre wohl eins der kompliziertesten Dinge, die eine Frau sich vornehmen kann.«

»Wollten Sie eigentlich jemals ein Baby haben?«, fragte ich.

»Ich habe es einmal versucht«, sagte sie ganz offen. »Es hat nicht geklappt.« Sie hielt inne. »Ich bin nicht gerade eine Frohnatur, Matt. Mir hat das Leben ebenfalls übel mitgespielt.« Wieder schwieg sie. »Aber ich weiß, was Liebe ist. Und dass es kaum etwas Schöneres gibt.«

»Gut.«

»Der Fehdehandschuh liegt noch auf dem Teppich.«

»Irgendwann heben wir ihn auf«, sagte ich.

»Wann?«, fragte sie und klang dabei völlig ernst.

»Nicht heute, Josephine.«

Sie lachte. »Vielleicht sollte ich noch sagen, dass ich Sie für einen verdammt netten Kerl halte. Oder ist das nicht mehr nötig?«

»Es stärkt mein Selbstbewusstsein.« Ich stand auf. »Vielen Dank für den Bourbon, Ihre Offenheit und Ihre Nachhilfestunde in Psychologie. Danke auch dafür, dass Sie mir die Geschichte mit Dennis Knowles nicht übel genommen haben und mir trotzdem zugehört haben. Sie sind ein nettes Mädchen, Fran.«

»Keine Ursache.« Sie brachte mich zur Tür. Als ich schon im Treppenhaus war, rief sie mir nach: »Haben Sie nicht etwas vergessen?«

»Und das wäre?«

»Den Handschuh. Er liegt immer noch mitten in meinem Wohnzimmer auf dem Teppich.«

»Keine Sorge, den vergesse ich schon nicht«, sagte ich und ging hinunter.

Wir spielten also das uralte Spiel, das sich Mord nennt.

Alle Karten sind im Rennen. Du versammelst deine Gäste und lässt jeden eine Karte ziehen. Wer das Pikass erwischt, ist der Mörder. Dann geht das Licht aus. Jeder sucht sich in dem dunklen Haus irgendeinen Platz. Wenn der Mörder seine Gelegenheit sieht, schlägt er zu. Er tippt seinem Opfer auf die Schulter und gibt ihm oder ihr das Pikass. Das Opfer zählt langsam bis zehn, um dem Mörder Gelegenheit zu geben, zu verschwinden, und fängt dann an zu schreien. Das

Licht geht wieder an, und das Rätselraten beginnt. Die Rätselrunde wird von der Person angeführt, der man die Rolle des Bezirksstaatsanwalts zugewiesen hat, bevor das Licht ausgeschaltet wurde und der Mord passierte.

Die Spielregeln sind einfach. Der Bezirksstaatsanwalt kann jede Frage stellen, die ihm einfällt. Ziel ist natürlich, den Mörder zu überführen. Der Mörder, der seinem Opfer das Pikass gegeben hat, ist die einzige Person im Raum, die keine Karte hat. Wird jemand beschuldigt, muss er entweder seine Karte vorzeigen oder aber zugeben, dass er der Mörder ist, weil er keine Karte hat. Die wichtigste Spielregel ist, dass jeder Spieler die Wahrheit sagen muss, wenn er von dem Bezirksstaatsanwalt befragt wird. Mit einer Ausnahme natürlich, und die betrifft den Mörder. Der Mörder kann lügen, was das Zeug hält. Er kann zum Beispiel sagen: »Ich war in der Küche und habe an der Spüle gelehnt. Ich war nicht in der Nähe des Wohnzimmers, in dem der Mord geschah.« Jeder, der die Wahrheit sagt, kann ihn dabei aus dem Konzept bringen. Ein anderer Mitspieler hat ihn vielleicht kurz vor der Tat aus dem Wohnzimmer kommen sehen. Spätestens nach einer halben Stunde hat sich der Mörder für gewöhnlich in dem Netz seiner Lügen verstrickt. Die Wahrheit, zu der alle anderen Spieler verpflichtet sind, wird ihm zum Verhängnis.

Wir spielten Mord.

Es gab dabei nur ein Problem.

In diesem Spiel schien jeder zu lügen.

Und es gab noch etwas anderes.

Dies war kein Spiel.

Ich kehrte auf die East Side zurück und fand eine Bar. Ich hatte nicht die Absicht, mich zu betrinken. Ich wollte einfach nur einen ruhigen Nachmittag verbringen, bis die Geschäfte schlossen. Dann würde ich zu Laraines Wohnung gehen, und wir würden zusammen zu Abend essen, und vielleicht würden wir uns anschließend lieben und dann noch eine Kleinigkeit essen, so wie es bei den alten Römern üblich war, und uns dann noch einmal lieben, und dann würde ich sie fragen, was sie bei Dom Archese zu suchen gehabt hatte und warum sie mir erzählt hatte, dass es eine ganze Weile her war, seit sie ihn zuletzt zufällig auf der Straße getroffen hatte.

Ich nahm einen Drink und dann noch einen.

»Wieso«, würde ich sagen, »wieso, hast du mich belogen, Laraine?«

Dann kam der dritte Drink und dann der vierte.

Wie geht das zusammen, Laraine, dass du meinen Fehdehandschuh aufgehoben hast und mir gleichzeitig einen Strauß Lügen auftischst, die mir meinen Job nur noch komplizierter machen, hm? Oder gehört das zu der Herausforderung? Den arg mitgenommenen Schnüffler aus dem Konzept zu bringen, Verwirrung zu säen, bis er an seinen Fähigkeiten zu zweifeln beginnt, von denen er schon lange keinen Gebrauch mehr gemacht hat, bis er sich nur noch einer Sache sicher ist, einer einzigen Sache, nämlich dieser Frau in seinen Armen, die das Einzige auf der Welt ist, woran er sich noch festhalten kann, das Einzige, was ihm auf alle Fälle mehr Halt gibt als dieses Gespenst von Toni McAllister und mehr Halt als dieses Pack von Lügnern und Dieben und Mördern, vergiss es, vergiss es, vergiss es, ich helfe dir dabei, dich durcheinanderzubringen, ich bin ein verlogenes kleines Biest, das sich den Herausforderungen der Internationalen Gesellschaft gehörnter Friedensstifterinnen gestellt hat, komm, lieb mich noch einmal, Matt Cordell, komm und vergiss, komm und lass Johnny Bridges doch im Gefängnis verrotten oder auf dem elektrischen Stuhl verglühen, das alles ist doch nichts gegen die Herausforderung, ich werde dich wieder zusammenflicken, ich werde dir deine Jesus-Attitüden schon austreiben, komm in meine Arme, ich liege neben dir, ich liege über dir, komm her zu mir.

Es kamen noch ein paar Drinks.

Der uniformierte Cop tauchte neben meinem Ellenbogen auf. Ich sah ihn zuerst in dem Spiegel über der Bar, und ich dachte: *Da haben wir dich ja. Rumtreiberei. Her mit der Brieftasche, Mac, ich will den Ausweis sehen, irgendwelche Einkünfte?* Tut mir leid, du Mistkerl, aber meine Einkünfte haben die Angewohnheit, unsichtbar zu sein.

»Matt Cordell?«, sagte er.

»Ja.«

»Wir haben Sie schon den ganzen Tag gesucht. Endlich wieder in der Gegend, was?«

»Ja.«

»Ich muss Sie bitten, mitzukommen.«

»Verdammt, wohin denn?«

»Der Skipper will mit Ihnen reden.« Er sah mich an. »Es geht um einen Mord.«

7

Wir fuhren auf das Revier, und als wir hineingingen, winkte mein Cop beiläufig den diensthabenden Kollegen zu und brachte mich dann hinauf zur Kriminalabteilung. Die Detectives saßen am Ende des Korridors – ein trister, ungemütlicher großer Raum mit kugelförmigen Lampen an der Decke und Schreibtischen und Aktenschränken. Der »Skipper« war ein Detective namens Miskler, der den Lieutenant vertrat, der gerade im Urlaub war. Wir durchquerten den Raum, und dann bedeutete mir der Cop, mich auf einer Bank vor Misklers Büro niederzulassen.

Auf der Bank ließ ich meine Füße abkühlen, wobei mein Blick immer wieder auf die Tür mit der Milchglasscheibe fiel, von der die goldenen Buchstaben von Misklers Namen langsam abblätterten. Nach vielleicht zehn Minuten streckte ein Kerl mit hochgekrempelten Ärmeln und einem unter seiner Achsel baumelnden Schulterholster den Kopf aus der Tür. »Cordell?«

»Ja. Detective Miskler?«

»Der Skipper ist drinnen«, sagte der Mann. »Kommen Sie. Tut mir leid, dass Sie warten mussten.«

Ich stand auf. In dem Büro befanden sich noch drei Duplikate des Kerls mit dem Schulterholster, alle mit hochgekrempelten Ärmeln. Einer von ihnen saß hinter dem Schreibtisch in der Ecke. Ich nahm an, dass das Miskler war, die Urlaubsvertretung. Er war ein großer Kerl mit leuchtend rotem Haar und leuchtend blauen Augen.

»Cordell?«, sagte er.

»Ja.«

»Ich bin Detective Miskler. Das ist meine Abteilung, und dies sind ein paar meiner Leute: Jones, Di Palma und Krutsky.« Die Männer nickten mir zu, ich nickte zurück. »Nehmen Sie Platz.«

Ich nahm Platz.

»Was wissen Sie über Johnny Bridges?«, fragte Miskler.

»Johnny Bridges«, sagte ich, als müsste ich meine Erinnerungen nach dem Namen durchkämmen. »Ich glaube nicht, dass ich einen Bridges kenne.«

»Nein?«

»Nein. Das heißt, warten Sie mal. Bridges, natürlich. Den kannte ich, als wir noch Kinder waren.«

Unmerklich schlossen die Cops den Kreis um meinen Stuhl. Miskler kam hinter seinem Schreibtisch hervor, um die Quarterback-Position einzunehmen, und die anderen warteten ab, dass er das Spiel eröffnete. Ich gehörte nicht zum Team, aber in meinen Knochen regten sich ein paar Erinnerungen. Ich fragte mich, ob diese Zusammenkunft auf einen verbalen Schlagabtausch hinauslief oder ob wir versuchen müssten, in voller Schutzmontur die Endzone zu erreichen. Es war stickig in Misklers Büro, und die Cops, die mich belagerten, hatten offenbar anderes im Sinn, als mir frische Luft zuzufächeln. Einer der Cops roch furchtbar nach Schweiß, aber vielleicht war das Teil von Misklers Folterstrategie. Ich riss mich zusammen. Wenn sie mir eins verpassen wollten, gab es wenig, was ich dagegen hätte tun können. Cops wissen genau, wie sie einem am besten eins verpassen. Für gewöhnlich sind sie stämmige Mistkerle, und es hatte wenig Sinn, sich gleich mit vieren von ihnen anzulegen. Wenn sie vorhatten, mit mir »Was ist meine Linie?« zu spielen, dann wollte ich auf beiden Beinen stehen und in der Lage sein, die Fragen abzufangen, die sie auf mich abschossen. Ich weiß nicht, ob Sie jemals in der Situation waren, dass vier Leute gleichzeitig ihre Fragen auf Sie abgefeuert haben. Das fegt einen wie ein Faustschlag von den Füßen.

»Wann haben Sie Bridges zum letzten Mal gesehen?«, fragte Miskler.

»Da war ich noch ein Junge.«

»Wie lange ist das her?«, fragte Jones oder Krutsky oder Di Palma.

»Vielleicht zehn Jahre.«

»Wie alt sind Sie jetzt, Cordell?«, fragte Di Palma oder Krutsky oder Jones.

»Dreiunddreißig.«

»Kleine Jungs waren Sie da ja dann nicht mehr«, sagte Krutsky oder Di Palma oder Jones.

»Schätze, nein.«

»Und seitdem haben Sie ihn nicht mehr gesehen?«

»Das ist richtig.«

»Wo waren Sie gestern, Cordell?«

»Gestern den Tag über?«, fragte ich.

»Ja. Gestern den Tag über.«

»Ich habe wohl etwas getrunken«, sagte ich.

»Und wo?«

»In der Bowery.«

»Wo in der Bowery?«

»Auf einer Bank vor der Cooper Union.«

»War jemand bei Ihnen?«

»Nein, ich war allein.«

»Bis wann?«

»Ich erinnere mich nicht genau. Es war dunkel, als ich nach Hause ging.«

»Haben Sie Bridges gestern gesehen?«

»Nein. Ich habe ihn seit zehn Jahren nicht mehr gesehen.«

»Haben Sie gestern bei der Polizei angerufen?«

»Warum sollte ich die Polizei anrufen?«

»Um sich nach Johnny Bridges zu erkundigen – und zwar unter dem Namen Joe Phillips.«

»Ich kenne keinen Joe Phillips«, sagte ich. »Wer soll das sein?«

»Angeblich ein Rechtsanwalt. Wir glauben aber, dass Sie das waren, Cordell.«

»Wie kommen Sie darauf?«

»Heute Vormittag haben Sie einen Privatdetektiv namens Dennis Knowles aufgesucht. Sie bedienten sich des Namens Joe Phillips, um in sein Büro zu kommen.«

»Das habe ich getan?«

»Das haben Sie getan.«

»Wer sagt das?«

»Knowles sagt das.«

»Er muss es ja wissen.«

»Davon gehe ich aus«, sagte Miskler.

»Bin ich seinetwegen hier?«

»In gewisser Weise. Er meinte, sein Tipp könnte uns bei den Ermittlungen in einem Mordfall weiterhelfen. Eine Hand wäscht die andere, Cordell. Er ruft uns oft genug an, wenn er unsere Hilfe braucht.«

»Ich habe nicht das Geringste mit irgendeinem Mordfall zu tun«, sagte ich.

»Nein? Wo ist diese Zeitung, Fred?«

Einer der Cops, Di Palma, Krutsky oder Jones, reichte Miskler eine Tageszeitung. Miskler schlug sie auf der dritten Seite auf, faltete die Seite nach hinten und streckte sie mir hin. Über der Geschichte prangte die Überschrift »Schneider in Harlem ermordet«.

»Lesen Sie«, sagte Miskler.

Ich las. »Und?«

»Das ist die Geschichte, die wir an sämtliche Tageszeitungen gegeben haben«, sagte Miskler. »Steht in der Geschichte irgendetwas von den Initialen J. B., die wir an der Wand vorgefunden haben?«

Ich sah mir die Geschichte noch einmal an. Ein flaues Gefühl begann sich in meinem Magen auszubreiten. »Nein«, sagte ich. »Nichts über irgendwelche Initialen.«

»Woher wussten Sie dann davon?«

»Wer sagt denn, dass ich davon wusste?«

»Knowles. Er sagt, Sie hätten ihm das heute Vormittag in seinem Büro erzählt. Also was nun, Cordell?«

»Vielleicht habe ich einfach geraten.«

»Hören Sie auf, Cordell. Woher wussten Sie von diesen Kreidezeichen?«

Der Quarterback hatte das Spiel eröffnet, und seine Jungs gaben sich alle Mühe, den Football über die gegnerische Goal-Line zu tragen. Sie umringten mich bedrohlich. Hier ging es nicht um Herumtreiberei, und es ging nicht darum, ohne Zulassung Detektiv gespielt zu haben. Hier ging es um Komplizenschaft bei einem Verbrechen, und das Verbrechen war Mord. Ich schluckte.

»Also, Cordell?«

»Was passiert, wenn ich die Wahrheit sage?«

»Dann entscheiden wir darüber, ob es die Wahrheit ist oder nicht.«

»Angenommen, ich verliere?«

»Sie sind Komplize in einem Mordfall. Entweder sind Sie Mittäter, oder Sie haben Beihilfe geleistet. Was also haben Sie zu verlieren?«

Ich seufzte. »Ich war bei Bridges, als er die Leiche fand.«

Jetzt überschlugen sich die Fragen, Miskler, Jones, Di Palma und Krutsky. Sie hatten mich festgenagelt und würden mir keinen Millimeter Luft lassen, mich herauszuwinden. Ich ließ ihr Schnellfeuer über mich ergehen.

»Warum hat Bridges gesagt, dass er allein war, als er ihn gefunden hat?«

»Wir hielten es für besser so.«

»Was hielten Sie für besser?«

»Dass ich außen vor blieb.«

»Warum sollten Sie außen vor bleiben?«

»Um dafür zu sorgen, dass der tatsächliche Mörder gefunden wird.«

»Woher sollen wir wissen, dass nicht Sie die Schüsse auf Archese abgefeuert haben?«

»Sie wissen, dass ich es nicht war. Ich bin ein gottverdammter Trinker. Ich habe keinen Grund, Archese aus dem Wege zu räumen.«

»Bridges hatte einen.«

»Tatsächlich?«, sagte ich.

»Ja, er hatte einen.«

»Welchen?«

»Ein kleines Techtelmechtel mit Christine Archese, der Frau des Toten.«

»Dafür haben Sie nur die Aussage von Dennis Knowles. Ich habe etwas anderes gehört.«

»Und zwar, Cordell?«

»Ich habe gehört, dass es Archese war, der Knowles angeheuert hat, um Christine zu beobachten. Nicht Bridges, um Archese zu beschatten.«

»Dann haben Sie etwas Falsches gehört.«

»Es sei denn, Knowles steckt selbst in der Sache drin und versucht, etwas zu vertuschen.«

»Knowles ist viel zu clever, um sich in eine Mordsache verwickeln zu lassen.«

»Das bin ich auch«, sagte ich.

»Danach sieht es aber nicht aus, Cordell. Was hatten Sie überhaupt mit Bridges zu schaffen?«

Ich erzählte ihm alles über die Diebstähle aus der Kasse. Sie hörten mich an, ohne mir ins Wort zu fallen. »Die Sache stinkt«, sagte Miskler, als ich fertig war.

»Dann sollten Sie wissen, dass ich die Wahrheit sage. Hätte ich die Geschichte erfunden, würden die Dinge besser zusammenpassen.«

»Und Bridges war der Ansicht, Ihre Hilfe bei der Suche nach dem wirklichen Mörder sei es wert, der Polizei einen Bären aufzubinden, hm?«

»Ja.«

»Dass ich nicht lache. Sie finden doch noch nicht einmal allein den Weg aufs Klo.«

»Etwas mehr können Sie mir schon zutrauen, Miskler«, sagte ich. »In den alten Zeiten habe ich ein paar ziemlich haarige Fälle geknackt.«

»Dies sind aber nicht die alten Zeiten. Inzwischen weht ein anderer Wind, und für mich sind Sie ein heruntergekommener Säufer, der sich vielleicht hat anheuern lassen, um mal kurz jemanden umzulegen. Wie gefällt Ihnen das, Cordell?«

»Gar nicht. Sie erzählen mir hier doch eine Scheiße über etwas, vom dem Sie nicht die geringste Ahnung haben.«

»Passen Sie auf, was Sie sagen«, fuhr mich einer der Cops an.

»Dann hören *Sie* auf, mir einen solchen Mist zu unterstellen«, sagte ich. »Ich bin kein Killer. Und ich werde nie ein Killer werden, egal wie schlecht die Dinge stehen.«

»Erwarten Sie etwa, dass wir Ihnen diesen Mist mit den Diebstählen glauben?«

»Glauben Sie es, oder glauben Sie es nicht, es ist die Wahrheit.«

»So kommen wir doch nicht weiter, Cordell. Was halten Sie denn von diesem Szenario: Bridges hat ein Verhältnis mit Christine – die ist schon ein Brummer, ich kann ihm das gar nicht verdenken. Archese kriegt das spitz, und sie drängen ihn, einer Scheidung zuzustimmen, aber er macht nicht mit. Also wenden sie sich an Knowles, um etwas gegen Archese in die Hand zu bekommen, doch dann wird Bridges ungeduldig. Er ist richtig verknallt in die Dame, und er will sie ganz für sich. Die Lösung? Archese muss aus dem Weg geräumt werden. Aber wie? Da fällt ihm Matt Cordell ein, der gute alte Matt, der inzwischen nicht mehr in der Gegend wohnt und gezeigt hat, dass er in der Lage ist, einem Kerl, der ihm quergekommen ist, mit einer .45er den Schädel einzuschlagen. Der alte Matt ist ziemlich heruntergekommen und weg vom Fenster, vielleicht kann er ein paar Scheine gebrauchen, um einige Tage im Schnaps zu baden. Vielleicht tut mir der alte Matt einen Gefallen und bläst meinen Partner für mich aus dem Weg?«

»Um es mit Ihren Worten zu sagen, Miskler«, entgegnete ich, »die Sache stinkt.«

»Ich bin noch nicht fertig, Cordell. Bridges treibt Sie also auf und erzählt Ihnen von der Sache. Sie übernehmen den Job. Sie nehmen die Kanone, die in der Schublade liegt – die Kanone, die Bridges gehört. Sie gehen in den Laden und erledigen Archese.«

»Verstehe«, sagte ich, »Und Archese ist kurzsichtig, kommt das jetzt als Nächstes?«

»Nein, er hatte keine Probleme mit seinen Augen«, sagte Miskler. »Wir haben mit seinem Arzt gesprochen, reine Routine. Worauf zum Teufel wollen Sie hinaus?«

»Wenn er alles klar erkennen konnte, als ich ihn angeblich erschossen habe, wie kommt es dann, dass er Johnnys Initialen an die Wand gekritzelt hat?«

»Hat er nicht.«

»Nein? Wer war es dann?«

»Vielleicht ja Sie? Archese war es mit Sicherheit nicht. Die Autopsie hat ergeben, dass der Tod auf der Stelle eingetreten ist. Er hat genauso wenig etwas an die Wand schreiben können, wie er noch dazu in der Lage war, einen Luftballon aufzublasen.«

»Lassen Sie uns das mal auf den Punkt bringen, Miskler. Ihrer Meinung nach wurde ich also von Johnny Bridges angeheuert, um seinen Partner umzulegen, richtig?«

»Richtig.«

»Also lege ich ihn um, greife mir ein Stück Kreide und schreibe Johnnys Initialen an die Wand, richtig? Warum zum Teufel sollte ich so etwas Verrücktes tun?«

»Um falsche Spuren zu legen. Das wäre nicht das erste Mal, Cordell. In dem Moment, als wir herausfanden, dass Archese diese Initialen nicht hinterlassen haben konnte, war uns auch klar, dass sie von dem Mörder stammen mussten. Womit wir automatisch Johnny Bridges ausschließen können. Denn welcher Mörder wäre schon so geistesgestört, seine Tat auch noch zu signieren? Es ist nun einmal unser Job, logische Schlussfolgerungen zu ziehen.«

»Mein Gott, es ist mir völlig egal, wie Sie Ihren Job machen. Wenn Sie das eine logische Schlussfolgerung nennen ...«

»Dann erzählen Sie mir mal eine bessere Geschichte, Cordell.«

»Das habe ich bereits getan.«

»Und die stinkt.«

»Ihre ebenfalls«, sagte ich.

»Manchmal bedaure ich es wirklich, Polizist zu sein.«

»Wollen Sie mich jetzt einlochen?«

»Haben Sie einen besseren Vorschlag, Cordell?«

»Ich habe eine Menge bessere Vorschläge.«

»Lassen Sie hören.«

»Lassen Sie mich noch ein wenig herumschnüffeln. Was haben Sie davon, wenn Sie mich jetzt festsetzen?«

»Wir haben immerhin einen Mordverdächtigen«, sagte Miskler.

»Und damit wäre Bridges aus der Sache raus?«

»Nicht wenn er es war, der Sie beauftragt hat. Es spielt dann keine große Rolle, wer den Finger am Drücker hatte, das wissen Sie so gut wie ich, Cordell.«

»Okay. Wenn Sie also glauben, dass ich es war, der die Schüsse abgefeuert hat, dann haben Sie mich. Heften Sie mir jemanden an die Fersen, damit ich nicht aus der Stadt verschwinde. Sie können mich dann hopsnehmen, wann immer Sie wollen.«

»Was hätte ich davon?«

»Davon hätten Sie immerhin einen erfahrenen Schnüffler da draußen, der das Vertrauen etlicher Leute genießt, die mit dem Toten und mit dem Verdächtigen zu tun hatten. Zusätzlich zu dem, was Ihre Leute tun können. Das ist doch nicht zu verachten.«

»Vertrauen, was? Wie das von Knowles Ihnen gegenüber?«

»Knowles ist nicht besonders gut auf mich zu sprechen. Ich habe ihm einmal die Nase gebrochen. Dass das nicht gerade die beste Grundlage für eine enge Freundschaft ist, werden Sie sicher verstehen.«

»Als Sie ihn aufgesucht haben, scheinen Sie das noch anders gesehen zu haben.«

»Das war ein Fehler.«

»Einen solchen mache ich wahrscheinlich auch gerade«, sagte Miskler.

»Wie meinen Sie das?«

»Hauen Sie ab, Cordell. Ich werde Sie beobachten lassen, also versuchen Sie besser gar nicht erst, die Stadt zu verlassen. Sowie Sie einen Fuß in einen Bus, einen Zug oder in ein

Flugzeug setzen, sitzen Sie hinter Gittern. Habe ich mich klar genug ausgedrückt?«

»Das haben Sie. Kann ich mit Bridges sprechen?«

»Weshalb?«

»Um mir seine Geschichte anzuhören.«

»Wozu?«

»Vielleicht war *er* es ja, der die Initialen an die Wand gemalt hat.«

»Natürlich. Vielleicht bin ich es auch gewesen, Cordell.«

Ich grinste. »Sie glauben nicht wirklich, dass ich mich als Killer habe anheuern lassen.«

»Ich denke nun mal häufig laut«, sagte Miskler. »Und ich denke ziemlich viel. Sie sind aus der Sache noch lange nicht raus, also werden Sie jetzt bloß nicht übermütig.«

»Wissen Sie, was *ich* denke?«, sagte ich.

»Nein. Was denken Sie denn?«

»Dass Sie bei Ihren Ermittlungen kein Land sehen und dass Sie mich deshalb in die Sache hineingezogen haben, weil Sie einen wirklichen Profi brauchen, der Ihren Fall knackt.«

»Hahaha«, sagte Miskler trocken. »Bringt ihn runter zu Bridges, bevor er noch Bekanntschaft mit meiner Schuhsohle macht.«

Johnny Bridges saß in einer Zelle im Keller des Reviers, den die Cops »das Grab« nannten, und er würde hier wohl eine Weile bleiben, denn der Untersuchungsrichter war keineswegs gewillt, ihn gegen Kaution auf freien Fuß zu setzen. Es war nicht gerade ein Ort, der einen in gute Laune versetzte, und Johnny war auch alles andere als gut gelaunt, als er in den Besucherraum geführt wurde. Er setzte sich mir gegenüber auf den Stuhl, zwischen uns ein Drahtgitter. Auf seinem Gesicht lag bereits diese typische Gefängnisblässe, die meiner Ansicht nach nicht von zu wenig Sonne herrührt, sondern von Trostlosigkeit und Verzweiflung.

»Hast du etwas erreicht?«, fragte er.

»Noch nicht.«

»Sie lassen mich nicht auf Kaution raus«, sagte er. »Sie halten mich wohl tatsächlich für Doms Mörder, was?«

»Über die Kaution entscheidet der Untersuchungsrichter«, sagte ich. »Und seine Entscheidung, dich nicht freizulassen, heißt noch lange nicht, dass das Urteil bereits feststeht. Die Cops, die den Fall bearbeiten, sind jedenfalls nicht davon überzeugt, dass du es warst.«

»Woher willst du das wissen?«

»Ich habe gerade mit ihnen gesprochen. Sie klammern sich an jeden Strohhalm. Sie haben sogar mich in die Mangel genommen, ob nicht ich die Tat begangen haben könnte und dafür kassiert habe. Immerhin setzen sie ihre Ermittlungen fort, Johnny. Und sie würden mich nicht laufen lassen, wenn sie sich nichts davon versprechen würden. Sie spekulieren darauf, dass ich entweder etwas herausfinde oder mich oder jemand anders verrate. Auf alle Fälle ist die Sache noch weit davon entfernt, geklärt zu sein.« Ich schwieg einen Augenblick lang und ließ das auf ihn wirken. »Wie wäre es also, wenn du mir endlich reinen Wein einschenkst?«

»Ich habe dir alles gesagt, was ...«

»Wusstest du, dass Dom Archese und seine Frau getrennt lebten?«

»Ja«, sagte Johnny, ohne zu zögern.

»Warum hast du mir nichts davon gesagt?«

»Ich dachte, das hätte ich.«

»Das hast du nicht. Du hast mir erzählt, dass Dom wusste, dass du gestern Nachmittag bei Christine warst. Du hast gesagt – korrigier mich, wenn ich falschliege –, dass Dom ihr einen Scheck hinterlassen hätte und nicht sicher wäre, ob sie wusste, wo. Du sagtest, er hätte dich zu ihr geschickt.«

»Das ist richtig.«

»Wo war denn der Scheck, Johnny?«

»Im Briefkasten.«

»Hätte sie ihn da nicht selbst gefunden, auch ohne dass du es ihr gesagt hättest?«

»Vielleicht. Dom war immer sehr penibel. Er gab ihr jede Woche einen Scheck, darauf konnte sie sich voll und ganz verlassen, obwohl sie sich getrennt hatten. Normalerweise drückte er ihn ihr in die Hand.«

»Als ich dich gefragt habe, warum Dom sie nicht angerufen hätte, sagtest du, das wüsstest du nicht. Aber du wusstest es sehr wohl, Johnny. Sie lebten getrennt, und wahrscheinlich wollte er sie nicht sehen. War es nicht so?«

»Gut möglich.«

»Also hast du mir ihre Trennung verschwiegen.«

Johnny zögerte. »Ja, das ist richtig. Das habe ich.«

»Warum?«

»Weil ich der Meinung war, das ginge dich nichts an.«

»Auch dann noch nicht, nachdem wir in deinem Laden über eine Leiche gestolpert waren? Nicht mal, als wir vor der Wand mit deinen Initialen standen? Was ist da los, Johnny? Hast du ein Verhältnis mit Christine?«

»Nein.«

»Da hat man mir aber etwas anderes erzählt.«

»Es ist mir egal, was man dir erzählt hat. Das ist nun einmal die Wahrheit.«

»Zwischen dir und Christine Archese gibt es also keine Liebesbeziehung?«

»Natürlich nicht«, sagte Johnny.

»Warum bist du dann zu Dennis Knowles gegangen?«

Johnny sah mich fragend an. »Wer zum Teufel ist Dennis Knowles?«

»Der Privatdetektiv, den du Dom Archese auf die Fersen gesetzt hast. Was ist damit, Johnny?«

Sein fragender Gesichtsausdruck verwandelte sich in

blankes Unverständnis. »Bist du denn verrückt geworden?«, sagte er. »Von dem Mann habe ich noch nie gehört. Warum hätte ich Dom denn nachspionieren lassen sollen?«

»Weil du wolltest, dass er sich von seiner Frau scheiden lässt.«

»Mein Gott, wie kommst du auf einen derartigen Blödsinn?«

»Warum sonst hast du mir nichts von ihrer Trennung erzählt, Johnny?«, blaffte ich ihn an.

»Weil ich nicht wollte, dass die ganze Nachbarschaft darüber Bescheid weiß, verdammt noch mal! Und weil ich zudem nicht wollte, dass über mich getratscht wird.«

»Wegen Christine?«

»Nein! Wegen Christines Schwester. Wegen Laraine Marsh.«

Ich kam mir vor, als hätte mir jemand einen Schlag ins Gesicht versetzt. Ich musste erst einmal sacken lassen, was Johnny da gerade gesagt hatte. »Was ist zwischen euch?«, sagte ich dann.

»Ich habe sie häufiger gesehen.«

»War das eine Liebesbeziehung?«

»Ich nehme es an.«

»Trotz der Tatsache, dass Dom Archese mit ihr rummachte?«

»Das ist eine Lüge!«, rief Johnny aus und schnappte nach Luft.

»He, immer mit der Ruhe!«, fuhr der Cop an der Tür dazwischen.

Ich senkte die Stimme. »Dann hatte Dom deiner Meinung nach also keine heimliche Beziehung mit Laraine? Du meinst also, sie hätten nichts miteinander gehabt?«

»Auf gar keinen Fall.«

»Und was sagt Laraine dazu?«

»Das ... das habe ich sie nie gefragt.«

»Wie hast du auf das Ergebnis von Knowles' Nachforschungen reagiert?«

»Was für Nachforschungen?«, fragte er.

»Über Dom und Laraine. Johnny, hör auf, mich für blöd zu verkaufen! Wenn du willst, dass ich dir helfe ...«

»Ich habe doch bereits gesagt, ich kenne keinen Hennessy Knowles ...«

»*Dennis* Knowles«, korrigierte ich.

»Dennis, von mir aus, wie er auch heißen mag. Ich kenne ihn nicht, ich bin ihm niemals begegnet, ich habe ihn nie mit etwas beauftragt, und ich habe keine Ahnung, von welchen Nachforschungen du sprichst. Dass ich dir nichts von Dom und Christine erzählt habe, hat ganz allein den Grund, dass ich dachte, ich könnte vielleicht eines Tages zur Familie gehören, keine Ahnung.«

»Immerhin hattest du Dom in Verdacht, hinter den Diebstählen zu stecken!«

»Aber ich bin damit nicht zur Polizei gegangen, oder? Ich bin zu dir gekommen.«

»Aber zuerst warst du bei Knowles!«

»Hör auf, Matt«, sagte er. »Was ist denn bloß los mit dir? Ich sage die Wahrheit! Ich sitze in diesem Loch, weil ich unter Mordverdacht stehe! Warum sollte ich den einzigen Menschen anlügen, der mir noch helfen kann?« Er schien kurz davor, in Tränen auszubrechen. Ich sah in sein Gesicht. Seine Lider zuckten, und seine Mundwinkel bebten.

»Okay«, sagte ich. »Ich werde sehen, was ich tun kann. Reg dich nicht auf. Für den Augenblick werden sie dir nicht an den Hals gehen. Im Übrigen wissen sie, dass ich bei dir war, als wir die Leiche fanden. Das musst du vor ihnen also nicht mehr verheimlichen. Und sie wissen auch, warum ich dabei war.«

»Du hast es ihnen gesagt?«

»Ja.«

»Aber du sagtest doch ...«

»Ich weiß. Aber ich musste es ihnen erzählen.«

»Wie du meinst«, sagte er. Er lächelte matt. »Es wäre schon verrückt, wenn ich auf dem elektrischen Stuhl landen würde, was?«

»Ziemlich verrückt«, sagte ich und machte mich auf den Weg.

Misklers Mann, der mich nicht aus den Augen lassen sollte, wartete vor dem Revier auf mich. Er war ein blonder Hüne mit Schultern wie Primo Carnera. Ein Kerl, den man unmöglich übersehen konnte. Detective Miskler wollte anscheinend nicht den geringsten Zweifel daran aufkommen lassen, dass ich unter Beobachtung stand. Mich störte das wenig. Der Catcher hinter mir trug mit Sicherheit eine Waffe, und vielleicht würde mir diese Waffe eines Tages ganz gelegen kommen. Da ich nicht die leiseste Absicht hatte, die Stadt zu verlassen, unternahm ich keinen Versuch, meinen Schatten an der Nase herumzuführen.

Ich machte mich auf den Weg zu Laraines Wohnung, und der Catcher folgte mir im Abstand von nie mehr als zehn Metern. Ich wollte gerade die Stufen vor dem Eingang hinaufgehen, als Laraine und Dave Ryan aus der Haustür kamen. Sie schienen auf einer Wolke zu schweben, als wäre die Welt ein lila Wattebonbon.

»Was ist denn los?«, fragte ich.

Ryans Grinsen hätte man gut und gerne mit einem Fleischermesser in Scheiben schneiden können. »Erzähl du es ihm«, sagte er zu Laraine.

»Wir haben einen Termin zum Vorspielen«, sagte sie.

»*Tammy's Tavern*«, fügte Ryan hinzu, der offensichtlich nicht den Mund halten konnte. »In New Rochelle. Jeden Abend in der Woche, und das ist der verrückteste Laden, den Sie jemals gesehen haben! Große Klasse – und gutes Publikum. Mensch, es gibt in ganz New York wohl keine Band, die sich nicht darum reißen würde, da aufzutreten.«

»Fahrt ihr jetzt etwa nach New Rochelle?«, fragte ich und versuchte, die Enttäuschung in meiner Stimme zu verbergen.

»Nein, nein«, sagte Ryan. »Das Vorspielen findet in unserem Übungsraum statt. Hey, wie spät ist es denn?«

Ich besaß keine Uhr, also ließ ich meinen Arm da, wo er gerade baumelte. Laraine sah auf die Armbanduhr an ihrem Handgelenk. »Halb sieben«, sagte sie.

»Unser Termin ist um sieben. Tammy selbst wird da sein. O Mann, ich bin gespannt wie ein Flitzbogen.« Er grinste mich an. »Wollen Sie mit dabei sein, Cordell?«

Ich entschied mich dagegen. »Nein. Sehen wir uns später, Laraine?«

»Ich denke, gegen acht bin ich zurück«, sagte sie.

»Gegen acht.«

»Sie können aber gerne mitkommen, wenn Sie mögen«, sagte Ryan.

»Nein danke. Ich muss noch etwas erledigen.«

»Na, dann komm, Laraine«, sagte Ryan. Er ergriff ihren Arm und zog sie mit sich. Sie drehte sich noch einmal zu mir um.

»Acht Uhr, Matt? Bist du dann da?«

»Ich werde da sein.«

Sie warf mir ein Lächeln zu. »Prima«, sagte sie, und Ryan riss sie hinter sich her, dass sie fast ins Stolpern kam.

Ich stieß einen Seufzer aus und machte mich auf den Weg zu Christine Archese. Um ehrlich zu sein, ich hatte immer noch keinen Schimmer, wessen Geschichte ich glauben sollte. Ich musste mit Laraine sprechen, aber ich konnte schlecht von ihr verlangen, dass sie ihren Probeauftritt sausen ließ. Außerdem konnte das auch bis acht warten. In der Zwischenzeit konnte mich Christine darüber aufklären, welche Beziehung sie zu ihrem Mann hatte und welche zu Johnny. Irgendjemand log hier jedenfalls gewaltig, das war mir so klar wie nur sonst was.

Mein Schatten blieb mir die ganze Zeit auf den Fersen. Als ich das Haus betrat, ließ er sich auf dem Treppenabsatz davor nieder. Ich ging hoch in den zweiten Stock und klopfte an die Tür. Ich wartete einen Augenblick, klopfte noch einmal. Nichts. »Christine!«, rief ich. Immer noch nichts.

»Christine!« Diesmal schrie ich fast, und dann drückte ich auf den Türgriff. Es war nicht abgeschlossen. Ich öffnete die Tür und betrat die Wohnung. In der Wohnung war es still.

»Christine«, rief ich. Keine Antwort.

Ich ging ins Wohnzimmer. Die Tür zum Schlafzimmer stand halb offen, und ich ging hin und sah hinein. Christine Archese hatte einen Pulli an und dazu eine lange Hose. Die Hose war schwarz und der Pulli weiß, abgesehen von den roten Flecken an der Stelle, wo sich die drei Kugeln in ihre Brust gebohrt hatten. Ihre Augen waren weit aufgerissen und starrten an die Decke. Auf dem Fußboden hatte sich eine Blutlache gebildet und sich bis hin zu dem Kissen ausgebreitet, das einen halben Meter von der Leiche entfernt lag. Ich bückte mich und sah mir das Kissen an. Es hatte drei Löcher, und die Schmauchspuren auf dem weißen Stoff ließen keinen Zweifel daran, dass jemand das Ding als Schalldämpfer vor den Lauf seiner Kanone gepresst hatte, damit niemand die Schüsse hörte, die er auf Christine abfeuerte.

Ich ging nach unten. Der Catcher saß noch immer auf dem Treppenabsatz und hatte sich gerade eine Zigarette angezündet.

»Hi«, sagte ich.

Er sah überrascht zu mir auf.

»Kommen Sie besser mit nach oben«, sagte ich. »Wir haben noch eine Leiche.«

8

Diesmal machte ich mir keine Sorgen.

Nicht dass ich sonderlich abgebrüht gewesen wäre oder so was, aber das hier war ein Kranz, den sie mir nicht um den Hals legen konnten. Ich war den ganzen Tag über mit den verschiedensten Leuten zusammen gewesen. An meinem Alibi gab es nichts zu rütteln. Trotzdem rief mein Catcher auch Detective Miskler an, und ich setzte mich in eine Ecke, bis er endlich auftauchte.

»Waren Sie das, Cordell?«, fragte er.

»Keine Chance. Ich kann so haarklein belegen, wo ich heute den ganzen Tag über gewesen bin, dass dagegen selbst der Fahrplan der Long Island Railroad blass aussieht.«

»Dann lassen Sie mal hören.«

»Bis halb zehn heute Morgen war ich bei jemandem in dessen Wohnung auf der East Side, und ...«

»In wessen Wohnung?«, fragte Miskler.

Dies war nicht gerade der Moment, in dem meine Diskretion gefragt war, nicht bei einer Leiche im Schlafzimmer nebenan. »Ich war bei Laraine Marsh.«

»Die ganze Nacht über?«

»Ja.«

»Weiter.«

»Um zehn war ich bei Dennis Knowles, seines Zeichens Privatdetektiv. Da Knowles Sie später angerufen hat, wissen Sie das bereits.«

»Sparen Sie sich Ihre Kommentare«, sagte Miskler. »Sagen Sie mir einfach, wo Sie waren.«

»In Ordnung. Bei Knowles war ich bis elf. Dann bin ich gegenüber ins Museum of Modern Art gegangen und habe da im Garten einen Kaffee getrunken.«

»Hat Sie jemand gesehen?«

»Der Kerl, der mir den Kaffee verkauft hat.«

»Weiter.«

»Um Viertel nach elf habe ich von einer öffentlichen Telefonzelle im Museum Fran West angerufen. Sie arbeitet für Knowles. Ich wollte wissen, ob sie zu Hause ist.«

»Und dann sind Sie zu Frannie gefahren?«, fragte Miskler, und sein Tonfall und die Art und Weise, wie er sie nannte, sagten mir, dass sie sich kannten.

»Ja.«

»Wissen Sie, was sie für Knowles macht?«

»Sie observiert Leute für ihn.«

»Dünnpfiff«, sagte Miskler. »Sie lässt sich im Bett fotografieren. Mit verheirateten Männern.«

Was du nicht sagst, dachte ich. Den Glauben daran, dass sich hinter einem hübschen Gesicht auch ein anständiger Charakter verbergen muss, hatte ich schon vor vielen Jahren zu den Akten gelegt. Darauf, dass sie nicht nur für Käseblätter posierte, war ich bereits gekommen, als ich bei ihr war, das musste mir niemand aufs Brot schmieren.

»Wann waren Sie bei ihr?«

»Ungefähr um halb zwölf.«

»Und wie lange?«

»Ungefähr bis halb eins.«

»Und wo waren Sie dann?«

»Ich bin in eine Bar gegangen. Ich saß da vielleicht eine halbe Stunde, als einer Ihrer Leute auftauchte, um mich zu Ihnen zu bringen. Sie können den Barkeeper fragen. Den Rest des Tages habe ich bei Ihnen verbracht, mit Johnny Bridges und dann mit dem Catcher da draußen. Reicht Ihnen das?«

»Für den Augenblick reicht mir das«, sagte Miskler. »Mein Mann wird Sie weiterhin im Auge behalten. Und jetzt machen Sie, dass Sie hier wegkommen. Wir haben zu tun.«

Er musste mir das nicht zweimal sagen.

»Ich werde mich bei Fran West erkundigen, ob Ihre Angaben stimmen«, rief er mir nach, als ich schon fast zur Tür raus war. »Und bei dem Kerl in der Bar, in der wir Sie aufgetrieben haben. Nur dass Sie Bescheid wissen.«

»Nur zu«, sagte ich. »Ich bin unschuldig wie ein Lamm.«

»Hauen Sie ab«, sagte Miskler, und ich verließ die Wohnung mit meinem Schatten im Rücken. Auf der Straße blieb ich stehen und wartete auf ihn. Als er aus der Haustür trat, ging ich auf ihn zu.

»So ein Blödsinn«, sagte ich. »Warum gehen wir nicht zusammen und unterhalten uns ein wenig?«

Er streckte mir die Hand hin. »Arthur de Ponce«, sagte er. »Ich komme aus Puerto Rico. Was dagegen?«

Ich war sicher, er hätte mir eine verpasst und mich in die Gosse getreten, wenn das der Fall gewesen wäre. Zum Glück hatte ich nichts dagegen. »Ich bin Ire. Was dagegen?«

De Ponce grinste von einem Ohr zum andern. Mit seinen blonden Haaren und seinen leuchtend blauen Augen hätte er wahrscheinlich einen Job als Bischoff in jedem Land der Welt abbekommen. Er entsprach überhaupt nicht dem Klischee des dunkelhäutigen Puerto-Ricaners mit langen Koteletten. Ich hatte keine Ahnung, was er von mir hielt, aber er musste sich nicht sorgen, dass ich ihn aufs Kreuz legte.

»Und wohin soll es jetzt gehen, Cordell?«, fragte er.

»Zu einer Probeaufführung in der 116. Straße. Sind Sie schon lange dabei?«

»Vier Jahre«, sagte er.

»Und schon Detective?«

»Ich bin ein guter Cop«, sagte er geradeheraus, und daran zweifelte ich keine Sekunde. »Wen treffen Sie da?«

»Ein Mädchen. Die Schwester von Christine Archese.«

»Und danach?«

»In ihre Wohnung.«

»Haben Sie schon etwas gegessen?«

»Nein«, sagte ich.

»Soll ich uns etwas holen?«

»Eigentlich hatte ich vor, zusammen mit der Lady zu essen.«

»Etwas dagegen, wenn ich mir einen Joe und ein paar Sandwiches besorge?«

Ich hatte noch nie einen Zivilisten getroffen, der seinen Kaffee »Joe« genannt hatte. »Wo waren Sie denn während Ihrer Army-Zeit?«

»Bei den Marines«, sagte er. »Ich nehme die Sandwiches mit zu der Aufführung, wenn es Sie nicht stört.«

»Wer will schon mit der New Yorker Polizei eine Diskussion vom Zaun brechen?«, sagte ich.

Er holte sich ein paar Sandwiches und Kaffee, und wir gingen hinunter in den Keller. Die Band war schon voll dabei. An der Wand saß ein kleiner fetter Typ in brauner Dupioni-Seide. Er sah eher aus wie ein Schwein, als dass er auch nur im Entferntesten Ähnlichkeit mit irgendeinem Menschen hatte, dem ich jemals über den Weg gelaufen bin. Er hatte eine kurze Schweineschnauze, ausdruckslose schwarze Schweineaugen und kleine dicke Schweinepfoten. An einer der Pfoten glitzerte ein Ring. Unter dem braunen Seidenanzug trug er ein orangefarbenes Seidenhemd, und darauf waren auf der linken Brustseite, die aus seinem offenen

Jackett quoll, die Buchstaben T.T. gestickt. Das also war Tammy Sowieso. Neben Tammy saß irgendein Niemand im grauen Zwirn. Die Band gab ihr Bestes, und ab und zu sagte Tammy etwas zu dem Zwirnträger. De Ponce und ich setzten uns in eine Ecke, und er widmete sich den Sandwiches und seinem Kaffee. Laraine stand am Mikrofon und sang, und dann spielte die Band ein Stück ohne sie und anschließend einen Cha-Cha-Cha, und dann trat Laraine noch einmal an das Mikrofon, und inmitten ihres Songs stand Tammy auf und sagte: »Okay, das reicht.«

Ryan ging zu ihm, die Trompete in der Hand. »Wie fanden Sie das, Mr. Terrin?«, fragte er.

»Erbärmlich«, sagte Tammy.

»Was ...?«

»Ich sollte Ihnen meinen Chauffeur für die Fahrt von New Rochelle hierherüber in Rechnung stellen. Sie haben wirklich Nerven, mich hierher zu holen, damit ich mir einen solchen drittklassigen Mist anhöre.«

»He, pass auf, du Fettsack«, sagte Laraine in das Mikro, und dann kam sie dahinter hervor und marschierte auf ihn zu. »Wenn wir Ihnen nicht gefallen, dann lassen Sie uns in Ruhe.«

»Du billige Flöte«, sagte Tammy. »Bei jedem Gottesdienst bekommt man mehr geboten als von euch.«

»Sie können doch eine Stimme nicht von einem Leichenwagen unterscheiden«, sagte sie mit wütendem Funkeln in ihren Augen.

»Sich mit einem solchen Geblöke auch noch für eine Sängerin zu halten ...«, sagte er.

»Fahren Sie zurück nach New Rochelle«, warf sich Ryan in den Ring. »Holen Sie sich doch eine Humptata-Band, der es egal ist, für wen sie ...«

»Dieses Mädchen hat bei mir nichts zu suchen«, sagte Tammy. »So eine Stimme ...«

»Gute Nacht, Mr. Terrin«, sagte ich und stand auf.

Er drehte sich um und musterte mich. »Wer ist denn das?«, grunzte er abfällig. »Euer Arrangeur?« Und dann suchte er das Weite, dicht gefolgt von dem Zwirnträger.

»Was für ein Vollidiot«, sagte Laraine.

»Verdammt«, sagte Ryan. »Verdammt noch mal, waren wir denn wirklich so schlecht?«

»Ihr wart verdammt gut«, sagte ich.

»Wissen Sie, was mich diese ganze Sache gekostet hat? Mein Gott, ich habe mir den Schädel zermartert, um Notenständer zu beschaffen, damit er einen möglichst guten Eindruck von uns bekommt. Wissen Sie, wer hier die ganze Nacht hindurch alles auf Vordermann gebracht hat? Ich. Dieser gottverdammte Hurensohn!«

»Hören Sie auf«, sagte ich. »Für den hätten Sie ohnehin nicht arbeiten wollen.«

»Wenn man noch keinen Namen hat, bekommt man keine Chance«, sagte Ryan und klang ziemlich mitgenommen.

»Zum Teufel mit dem Bastard!«, sagte Laraine. »Der wird eines Tages noch von mir hören. Das schwöre ich.«

Sie wandte sich zu mir um. »Hast du Hunger, Matt?«

»Und ob.«

»Ich auch. Dann lass uns gehen.«

Seit wir in dem Probenraum waren, hatte ich mit De Ponce kein Wort mehr gewechselt. Jetzt wickelte er seine Sandwiches wieder ein, um sich mir an die Fersen zu heften.

»Hören Sie«, sagte ich. »Ich habe vor, da, wo ich jetzt hingehe, die Nacht zu verbringen. Wollen Sie wirklich bis morgen früh da draußen sitzen?«

»Ich weiß nicht, ob ich Ihnen trauen kann, Cordell.«

»Tun Sie, was Sie wollen«, sagte ich. »Hier ist die Adresse. Ich werde bis morgen früh dort sein. Sie können mich ja abholen.«

»Wann?«

»So gegen neun.«

Er dachte einen Augenblick darüber nach. »Miskler würde das nicht gefallen«, sagte er. »Ich warte draußen. Es ist Sommer, ich werde schon nicht erfrieren.«

»Sie machen mir ein schlechtes Gewissen, De Ponce.«

»Ich werde dafür bezahlt«, sagte er und grinste. »Ich lasse mir einen Wagen schicken. Machen Sie sich um mich keine Sorgen.«

Laraine und ich gingen nach oben. De Ponce folgte uns. Er würde hier draußen heute Nacht tatsächlich nicht erfrieren. Die Hitze, die die Stadt den Tag über gelähmt hatte, war in jeden Riss der Ziegelsteine, des Asphalts und des Zements gekrochen. Nicht der Hauch eines Luftzugs. Unten im Keller war es trügerisch frisch gewesen, und jetzt riss die Hölle ihr Maul weit auf und streckte ihre Zunge heraus und hinterließ einen klebrig-heißen Schleim auf unseren Körpern.

»Mein Gott«, sagte Laraine. »Wollen wir nicht lieber wieder nach unten gehen?«

»Und den Abend mit ein paar Musikern verbringen, die alle lange Gesichter machen?«

»War doch nur ein Scherz. War es vorhin auch schon so heiß?«

»Dir kommt das jetzt nur so vor, weil du die ganze Zeit da unten warst.«

»Komm, gehen wir zu mir. Ich brauche einen großen kalten Drink. Und ich mache uns den Ventilator an.«

»Bist du sehr enttäuscht?«, fragte ich, nachdem wir einen Block lang schweigend nebeneinanderher gegangen waren.

»Nicht wirklich«, sagte sie. »Wer ist schon Tammy Terrin? Etwa ein Kritiker bei der *Times*? Der würde eine gute Band doch noch nicht einmal erkennen, wenn sie sich ihm um den Hals legen und ihn strangulieren würde. Und was den Gesang betrifft, da ist er wahrscheinlich nur das Herumgelalle gewohnt, das die Leute von sich geben, die auf dem Klavier seiner Kneipe herumklimpern. Die Tammy Terrins dieser Welt können mich mal.«

»Das alles scheint dich aber doch ziemlich verärgert zu haben.«

»Ach was, ich bin nur ungeduldig. Ich habe ein Ziel, und das will ich so schnell erreichen wie möglich.«

Wir waren jetzt auf der Second Avenue. Es wurde langsam dunkel, und um uns herum pulsierten die Geräusche der Sommernacht. In der Stadt kommt die Nacht immer plötzlich, zum einen, weil die Häuser den Blick auf den Himmel verstellen, zum anderen, weil die Lichter alle auf einmal anzugehen scheinen und das Ende des Tages verkünden. Man bekommt nicht mit, wie die Dämmerung aufzieht und der Himmel sich langsam purpur färbt. Man bekommt nicht mit, wie die Sonne am Horizont versinkt. Es ist Tag, und dann ist es Nacht, und mit der Nacht kommen all die nächtlichen Geräusche, das Geflüster dieser Stadt. Die leisen Stimmen aus den Radios, das gedämpfte Geplapper aus den Fernsehgeräten, das Kichern der Mädchen in ihren Hauskleidern auf den Stufen vor den Haustüren, hier und da Gehupe auf den Straßen und die Signalhörner der Hafenschlepper draußen auf dem Fluss und das Licht, das sich – geräuschlos – über die Szenerie legt.

Wir gingen langsam, denn die Stadt war brütend heiß, und Herumlaufen ist etwas, das nicht für dampfende Teerbeläge und schwitzende Häuser geschaffen wurde. Wir redeten kaum ein Wort, denn selbst das war anstrengend.

»Vergiss die Post nicht«, sagte ich, als wir Laraines Haus erreicht hatten.

»Danach habe ich schon gesehen, als ich von der Arbeit gekommen bin«, sagte sie und grinste.

Wir gingen nach oben, und Laraine schloss auf. Das Erste, was ich tat, war, zum Fenster zu gehen. Ich sah nach unten und ließ dann die Jalousien herab. De Ponce stand vor dem

Eingang und wartete wahrscheinlich auf den Wagen, den er gerufen hatte. Ich beruhigte mein Gewissen damit, dass er die Nacht hindurch zumindest würde vorn sitzen können. Das Erste, das Laraine tat, war, mich zu küssen. »Ahhh, das tat gut«, sagte sie dann. »Die richtige Belohnung nach einem harten Arbeitstag.«

Sie trug ein dünnes Baumwollkostüm. Sie zog die Jacke aus und offenbarte eine weiße Bluse, die sie oben aufknöpfte. Sie trug eine Kette mit kleinen imitierten Rubinen um den Hals, und sie nahm sie ab und legte sie auf den Tisch.

»Einen Drink?«, sagte sie.

»Ja. Wo hast du die Sachen stehen? Ich mixe uns etwas.«

»In der Küche«, sagte sie. »Du findest alles unter der Spüle, Eis ist im Kühlschrank. Mein Gott, ist das stickig.« Sie ging durch die Wohnung und öffnete die Fenster, während ich in die Küche ging, um die Drinks zu mixen. Die geöffneten Fenster halfen wenig. Nicht der leiseste Luftzug. Aber wenigstens erzeugten sie die Illusion, atmen zu können. Ich brachte die Drinks ins Wohnzimmer. Laraine hatte sich auf dem Sofa niedergelassen und ihre Beine auf den Beistelltisch gelegt. Ich reichte ihr den Drink, Bourbon mit Soda und Tonnen von Eis. Sie nahm das Glas und ließ es zwischen ihrer Stirn und ihrer Handfläche hin- und herrollen, wobei sie ein leises Stöhnen erklingen ließ. Dann knöpfte sie ihre Bluse noch ein Stück weiter auf und drückte das Glas zwischen ihre Brüste.

»Mmmmm, schön kalt«, sagte sie.

Ich behandelte meinen Drink auf die klassische Art. Ich trank ihn.

»Mal wieder mit Johnny Bridges getroffen?«, fragte ich sie.

Sie sah mich an. Sie hatte das Glas wieder aus ihrer Bluse genommen, und der weiße Stoff warf einen geheimnisvollen Schatten auf das Tal zwischen ihren Brüsten.

»Wer sagt denn, dass ich mich mit ihm treffe?«

»Er.«

»Bist du etwa eifersüchtig?«

»Nein.«

Laraine grinste. »Warum fragst du dann?«

»Aus verschiedenen Gründen.«

»Sag mir ein paar.« Sie nippte an ihrem Drink. »Ganz schön stark«, sagte sie. »Und erspar mir bloß den Spruch, starke Drinks seien nichts für kleine Mädchen.«

»Keine Sorge«, sagte ich. »Johnny hat mir erzählt, dass ihr euch getroffen habt. Ich hatte den Eindruck, dass das nicht nur beiläufig war. Außerdem ist mir zu Ohren gekommen, dass Dom Archese mir dir herumgeflirtet hat. Ist da was dran?«

»Nicht die Bohne. Meinst du etwa, ich wäre verrückt?«

»Ich habe lediglich gefragt.«

»Ob zwischen Dom und mir etwas gewesen ist?«

»Ja.«

»Dann hör jetzt gut zu. Zwischen Dom und mir war nichts. Nächste Frage.«

»Das ist wieder meine erste. Hast du dich mit Johnny getroffen?«

»Ja.« Sie sprang auf. »Hast du etwas dagegen? Diese Hitze bringt mich noch um.«

Ich hatte keine Ahnung, ob ich etwas dagegen hatte, und als ich es herausgefunden hatte, hatte ich überhaupt nichts dagegen. Mit schnellen und sicheren Fingern öffnete Laraine die letzten Knöpfe ihrer Bluse. Sie warf sie über eine Stuhllehne und setzte sich dann in den Sessel vor dem Fenster. Ihr Baumwollrock schmiegte sich an ihre prallen Schenkel. Ihre Brüste saßen straff in ihrem weißen Büstenhalter. Der Schweiß glänzte auf ihrer Haut.

»Warum hast du dich mit ihm getroffen?«

»Er ist ein netter Kerl. Warum sollte ich ihn nicht treffen?«

»Trifft du dich noch immer mit ihm?«

»Nein.«

»Wie lange schon nicht mehr?«

»Einen Monat.«

»Warum nicht?«

»Er fing an, mich zu langweilen.«

»Hatte er etwas mit deiner Schwester?«

»Johnny? Das bezweifle ich. Wir haben nie darüber gesprochen.«

Sie rollte das Glas wieder zwischen ihren Brüsten hin und her. Dann stand sie auf, zog den Reißverschluss ihres Rockes hinunter, legte ihn sauber gefaltet über den Stuhl und setzte sich wieder in den Sessel, jetzt nur noch mit einem Schlüpfer und dem Büstenhalter bekleidet. »Entschuldige«, sagte sie. »Aber ich kann Hitze nicht besonders gut vertragen.« Sie rollte das Glas mit der flachen Hand an ihren Oberschenkeln entlang.

»Laraine ... kannst du einen schweren Schlag vertragen?«, fragte ich.

»Was für einen Schlag?«

»Deine Schwester Christine ist tot.«

Laraine erstarrte. Auf ihrem Gesicht lag kein Schmerz, kein Kummer. Es regte sich einfach nichts darin. Taub gegen die Hitze, taub gegen Kälte saß sie wie versteinert da und starrte mich an.

»Tut mir leid«, sagte ich.

»Wie ist es passiert?«

»Sie wurde erschossen.«

»Von wem?«

Ich zuckte die Schultern.

»Ich habe sie sehr gemocht«, sagte sie.

Ich schüttete meinen Bourbon hinunter. Laraine saß da und starrte mich an.

»Soll ich dir noch einen Drink machen?«

»Nein. Ich habe noch.«

»Willst du über deine Schwester reden?«

»Nein.«

Ich sah sie an. Sie saß reglos in dem Sessel. Es war still in dem Zimmer. Irgendwo tickte eine Uhr. Sie hatte wahrscheinlich schon die ganze Zeit getickt, aber jetzt hörte ich sie zum ersten Mal.

»Großartiger Tag, was?«, sagte Laraine. »Eine Hitze wie in der Hölle, der Reinfall mit unserer Probe, und jetzt sagst du mir das.«

»In der Reihenfolge?«

»Christine gehört an die erste Stelle«, sagte sie. »Ich habe es nur einfach chronologisch aufgezählt.«

»Habt ihr euch sehr nahe gestanden?«

»Mein Vater starb, als wir beide noch Kinder waren. Meine Mutter, als Christine zwanzig war und ich elf. Wir haben zusammengelebt, bis sie dann heiratete. Ja, ich denke, wir haben uns nahegestanden.« Sie schien für einen Moment zu überlegen. »Und jetzt? Soll ich die Polizei rufen oder so?«

»Die wird schon früh genug zu dir kommen. Warst du den ganzen Tag über auf der Arbeit?«

»Ja.« Sie hielt inne und wirkte plötzlich erschrocken. »Bis auf die Mittagspause. Meinst du, sie ...«

»Warst du da mit irgendjemandem zusammen?«

»Nein. Ich war allein.«

»Wo?«

»Ich war hier und habe mir ein Sandwich gemacht.«

»Gehst du immer mittags nach Hause?«

»Manchmal. Das hängt davon ab, wonach mir ist.«

»Hat dich jemand gesehen?«

»Keine Ahnung. Matt, die Polizei wird doch nicht glauben, dass ich ... dass ich etwas damit ... damit zu tun ...«

»Auf den Gedanken könnten sie kommen.«

»Aber weshalb? Weshalb ... weshalb sollte ich ...« Und dann kamen die Tränen. Sie kamen in Strömen und schossen vom Grund ihrer Seele hoch in ihre Augen. Sie kamen von irgendwo ganz tief unten in ihr und schossen durch ihre Brust hinauf, überfluteten ihre Augen, gurgelten in ihrer Kehle, und dann wurde sie geschüttelt von unbändiger Verzweiflung.

Ich ging zu ihr. Sie stand nicht auf. Sie warf sich nicht in meine Arme. Sie weinte einfach nur. Ihre Hände krampften sich um das feuchte Glas. Sie machte gar keinen Versuch, sich die Tränen aus dem Gesicht zu wischen. Die Tränen liefen ihr aus den Augen und rannen ihre Wangen hinab. Ihre Nackenmuskeln waren angespannt. Ihre Brüste bebten bei jedem Schluchzen. Ihre Hände um das Glas waren weiß vor Anspannung.

Ich berührte sie nicht. Ich stand neben ihr und sagte kein Wort. Verzweiflung verträgt keine Gesellschaft.

Dann schien sie wieder Fassung zu gewinnen. Ihr Gesicht war verschmiert von der zerlaufenen Wimperntusche. Ihre Wangen glänzten feucht. Sie nippte an ihrem Drink, und dann fing sie wieder an zu weinen, ganz leise. Dann nahm sie noch einen Schluck, und die Tränen hörten auf, und sie saß da wie ein Stein, von Schweiß bedeckt, und die Träger ihres Büstenhalters waren klatschnass.

Sie leerte ihr Glas und ging in die Küche. Sie kam mit der Flasche in der Hand zurück. Sie sah mich an, suchte Halt in meinem Blick. »Glaubst du, dass es Dinge gibt, die ein Mensch einfach tun muss, egal ob es richtig oder falsch ist?«, fragte sie, und ihre Stimme schien aus weiter Ferne zu kommen.

Ich zuckte die Schultern.

»Es ist mir völlig egal, was du denkst«, sagte sie. »Aber ich muss jetzt unbedingt etwas tun. Ich werde mich jetzt betrinken. Einfach nur hemmungslos betrinken. Kannst du das verstehen?«

Sie hatte sich den Richtigen ausgesucht für ihre Frage. »Das verstehe ich«, sagte ich. »Allerdings weiß ich nicht, ob es auch die Cops verstehen werden, wenn sie hier auftauchen.

»Zum Teufel mit der Polizei!«, sagte sie. »Ich werde mich betrinken, bis ich nicht mehr auf den Beinen stehen kann. Wenn du willst, kannst du hierbleiben und mir dabei zusehen. Wenn nicht, dann geh.«

»Es sollte jemand bei dir sein«, sagte ich.

»Wozu?«

»Wer bringt dich sonst ins Bett?«

»Ich könnte mich irgendwann nicht mehr unter Kontrolle haben, Cordell. Ich könnte dein Leben ruinieren.«

»Das bezweifle ich.«

Sie goss gut zehn Zentimeter Bourbon über die Eiswürfel in ihrem Glas. »Auf die Mörder«, sagte sie. »Diese gottverdammte Welt ist voll von dem Pack.« Sie schüttete den Whiskey in sich hinein und füllte das Glas wieder auf.

»Nicht so hastig«, sagte ich. »Sonst wird dir schlecht.«

»Ich will es auf die harte und schnelle Tour«, sagte sie. »Ich warte nur darauf, dass mich das Zeug von den Beinen haut.« Sie setzte das Glas an und füllte es erneut. Dann streifte sie ihre Pumps ab und ließ sie durch das Zimmer segeln. Dann stellte sie die Flasche ab und zog ihren Schlüpfer aus, und dann setzte sie sich vor das Fenster, jetzt nur in einem dünnen Slip und dem Büstenhalter, und stützte ihre Beine gegen die Fensterbank.

Sie machte den nächsten Drink nieder, und dann warf sie ihr langes blondes Haar über die Schultern und schoss auf mich den satanischsten Blick ab, seit Eva mit dem Apfel zwischen den Zähnen ihren Adam angegrinst hatte.

»Komm her, Cordell«, sagte sie.

»Warum?«

»Komm her und küss mich«, sagte sie. »Komm, küss

mich«, und sie zischte die Worte, und ich ging zu ihr und nahm ihr das leere Glas aus der Hand und küsste sie.

»Mmmm«, sagte sie. Sie grinste mir ins Gesicht. »Ich fürchte, du musst dich schon wieder rasieren«, säuselte sie dann.

Ich küsste sie noch einmal.

Später kühlte sich die Nacht ab. Die Brise fegte plötzlich durch die Stadt, tanzte in die geöffneten Fenster und strich über Laraine Marshs nackten Körper neben mir auf dem Bett. Sie spürte den Luftzug nicht. Sie war erloschen wie die Flamme einer Kerze, und auf ihrem Gesicht schlummerte ein friedliches Lächeln.

9

Als am nächsten Morgen Detective Miskler auftauchte, saßen wir gerade beim Frühstück. Laraine hatte sich einen Morgenrock über ihren nackten Körper geworfen. »Wer ist da?«, sagte sie, als es an der Tür klopfte.

»Polizei«, antwortete die Stimme.

»O mein Gott«, flüsterte Laraine. »Ich bin noch nicht mal angezogen.«

»Zieh dir etwas über«, sagte ich. »Ich mache auf.«

Sie ging ins Schlafzimmer, und ich ging zur Tür und machte auf. Detective Miskler wirkte frisch und ausgeschlafen und trug einen leichten blauen Anzug und dazu einen Strohhut.

»Morgen, Cordell«, sagte er. »Gut geschlafen?«

»Sehr gut.«

»Ist die Lady zu Hause?«

»Sie zieht sich gerade an.«

»Ich muss ihr ein paar Fragen stellen«, sagte Miskler. Er zog eine Zigarre aus seiner Brusttasche und biss das Ende ab. »Okay, wenn ich rauche?«

»Wenn Sie sonst nichts anzünden«, sagte ich und grinste, aber Miskler grinste nicht zurück.

»Ich bin Morgenmuffel«, sagte er und brannte seine Zigarre an. »Ich bin die Nacht nicht ins Bett gekommen. Raten Sie mal, was das Labor herausgefunden hat.«

»Was hat das Labor denn herausgefunden?«, sagte ich und gab mir Mühe, ihm mit meiner guten Laune nicht sein Morgengemuffel zu verderben.

»Dass Christine Archese mit der gleichen Kanone erschossen wurde wie ihr Mann. Was sagen Sie dazu, Cordell?«

»Interessant.«

»Ja«, sagte Miskler. »Interessant ist auch, dass die Waffe eine .38er war. Die vom Labor meinen, es sei eine Smith & Wesson.«

»Ach ja?«

»Ja.« Miskler blies den Rauch aus. »Johnny Bridges hat uns erzählt, dass er einen Waffenschein für eine .38er Smith & Wesson hat. Wir haben das überprüft, und es stimmt. Er hatte sie in einer Schublade in seinem Laden, allerdings scheint sie verschwunden zu sein.«

»Ich weiß.« Er sagte nichts. »Sie haben das Ding während unseres ersten Gesprächs erwähnt.«

»Ich weiß, dass Sie das wissen«, sagte Miskler.

»Johnny jedenfalls hätte keine Gelegenheit gehabt, Christine umzubringen. Er hätte weit mehr als ein Teleskop gebraucht, um sie aus dem Grab heraus zu erschießen.«

»Ich weiß.«

»Ich weiß, dass Sie das wissen«, sagte ich. »Warum erzählen Sie mir das mit der Kanone?«

»Johnny sitzt im Gefängnis«, sagte Miskler. »Sie nicht.«

»Ich habe Ihnen doch gesagt, wo ich gestern den Tag über gewesen bin.«

»Nur dass eine Sache nicht stimmt«, sagte Miskler. »Und das ist das Problem.«

»Was soll denn nicht stimmen?«

»Dass Sie bei Fran West waren. Ich habe die Lady angerufen. Sie hat keine Ahnung, wer Sie sind. Sie hat Sie gestern nicht gesehen, und sie sagt, sie hätte Sie in ihrem ganzen Leben noch nicht gesehen.«

»Dann lügt sie«, sagte ich geradeheraus.

»Vielleicht. Oder Sie sind es, der lügt.«

»Wollen Sie mich jetzt etwa einlochen?«

»Ich will nicht, dass mein Revier aus allen Nähten platzt«, sagte Miskler. »Darum können sich die in der Bowery kümmern, meinetwegen wegen Rumtreiberei.«

»Danke. Das heißt dann ja wohl, dass Sie nicht der Meinung sind, ich hätte etwas mit Christines Tod zu tun.«

Miskler zuckte mit den Schultern und deutete dann mit seinen Augen auf die geschlossene Schlafzimmertür. »Was ist los mit ihr?«, wollte er wissen.

»Sie braucht noch ein wenig«, sagte ich. »Sie wissen doch, wie das mit den Frauen morgens so ist.«

»Haha«, sagte Miskler. »Sie sind wirklich ein komischer Typ, Cordell. Sucht das Palace immer noch Witzbolde?«

»Ich glaube schon«, sagte ich.

»Prima. Ich kann ziemlich gut pfeifen. Meinen Sie, wir sollten uns gemeinsam mit einer Nummer bewerben?«

Laraine kam aus dem Schlafzimmer, bevor mir eine passende Antwort eingefallen war. Sie war jetzt angezogen und trug eine Bluse und einen Rock in Blau und dazu blaue Schuhe. Sie hatte sich außerdem die Haare gemacht und Lippenstift aufgelegt. Miskler nahm den Hut ab und zeigte ein Lächeln. Fast dachte ich, er würde sich auch noch verbeugen.

»Guten Morgen, Miss Marsh«, sagte er. »Ich hoffe, ich komme nicht ungelegen.«

»Nein, gar nicht.«

»Ich bin Detective Miskler. Ich und meine Leute sind mit den Morden an Ihrer Schwester und deren Ehemann befasst.«

»Guten Morgen«, sagte Laraine. Sie reichte ihm die Hand, und Miskler schüttelte sie. »Wollen Sie sich nicht setzen? Wir waren gerade beim Frühstück. Wie wäre es mit einer Tasse Kaffee?«

»Danke«, sagte Miskler. »Sehr gerne.«

Sie waren so verdammt nett und aufmerksam zueinander, dass ich mich fast schämte, noch immer im Unterhemd herumzulaufen. Wir setzten uns hin, als wären wir Ehemann und Ehefrau, die mit einem guten Freund der Familie über den Abschluss einer Versicherung reden wollen. Laraine goss Miskler Kaffee ein.

»Zucker?«, fragte sie.

»Danke, einen Löffel.«

»Milch?«

»Nein danke.«

Miskler lächelte. Laraine lächelte zurück. Es fehlte nur noch das Frühstücksprogramm mit Dorothy und Dick im Radio, um die Szene perfekt zu machen. Ich trank meinen Organgensaft und widmete mich dann meinem Kaffee.

»Kamen Sie und Ihre Schwester gut miteinander aus, Miss Marsh?«, fragte Miskler mit dem Gesichtsausdruck eines Neandertalers, der sich mit einem Säbelzahntiger verabredet.

»Ja«, sagte Laraine leise.

»Wo waren Sie gestern zwischen zwölf Uhr mittags und drei am Nachmittag, Miss Marsh?«

»Ist das die Zeit, in der es passiert ist?«, fragte ich.

»Genauer lässt sich das im Moment nicht feststellen«, sagte Miskler. »Es war ziemlich heiß gestern. Hitze und das Eintreten der Leichenstarre sind keine gute Kombination. Also, Miss Marsh?«

»Zwischen zwölf und eins war ich hier und habe gegessen. Danach war ich bei der Arbeit.«

»Wo?«

»Im Kaufhaus an der Third Avenue.«

»Wann hatten Sie Feierabend?«

»Um fünf.«

»Und was haben Sie dann gemacht?«

»Ich ging nach Hause.«

»Und dann?«

»Kurz darauf kam David Ryan vorbei und erzählte mir, dass wir einen Probeauftritt hätten. Wir sind zusammen in unseren Übungsraum gegangen. Mr. Cordell kann das bestätigen.«

»De Ponce ebenfalls«, sagte ich. »Er war bei mir.«

»Und wer kann bestätigen, dass Sie zwischen zwölf und eins hier gewesen sind, Miss Marsh?«, fragte Miskler.

»Niemand«, antwortete sie ganz ehrlich.

»Also könnten Sie genauso gut in der Wohnung Ihrer Schwester gewesen sein und die Schüsse auf sie abgefeuert haben.«

»Das wäre wohl möglich gewesen. Aber es ist nicht der Fall.«

»Dafür haben wir nur Ihr Wort.«

»Das ist richtig. Meine Schwester und ich haben uns gemocht, Detective Miskler. Wir haben uns das letzte Mal gestritten, da waren wir beide noch Kinder. Ich dachte immer, dass bei der Untersuchung eines Mordes das Motiv eine wichtige Rolle spielt. Glauben Sie mir, ich hatte nicht den geringsten Grund, meiner Schwester den Tod zu wünschen. Eigentlich sollte ich Ihnen Ihre Schlussfolgerungen übel nehmen.«

»Das kann ich durchaus verstehen, Miss Marsh«, sagte Miskler, und ich hatte den Eindruck, als wollte er noch etwas sagen, doch stattdessen griff er nach seiner Tasse und schlürfte seinen Kaffee. Er schwieg einen Moment lang. »Wie gut kannten Sie Dom Archese?«, fragte er dann.

»So gut, wie man seinen Schwager eben kennt.«

»Nicht vielleicht etwas besser?«

»Was wollen Sie damit sagen?«

»Hat Mr. Cordell die letzte Nacht hier mit Ihnen verbracht?«, fragte Miskler und deutete mit dem Kopf in meine Richtung.

»Ja«, antwortete Laraine.

»Dann stellen Sie sich doch nicht so verdammt naiv. Wie gut kannten Sie Dom Archese?«

»Nicht besonders gut.«

»War da irgendetwas zwischen Ihnen?«

»Nein, nichts.«

»Niemals?«

»Nein.«

»Besitzen Sie eine Waffe, Miss Marsh?«

»Nein.«

»Wussten Sie, dass Johnny Bridges eine Waffe besaß?«

»Woher sollte ich das wissen?«

»Sie haben ihn doch manchmal gesehen, oder?«

»Ja, aber er hat mir niemals etwas von einer Waffe erzählt. Warum hätte mich das auch interessieren sollen?«

»Was *hat* Sie denn interessiert? Worüber haben Sie gesprochen, wenn Sie und Johnny sich trafen?«

»Über alles Mögliche. An Einzelheiten erinnere ich mich nicht mehr so genau.«

»Versuchen Sie es.«

»Über alles Mögliche halt«, sagte Laraine aufgebracht. »Wie können Sie von mir erwarten, dass ich mich an Dinge erinnere, die ...«

»Hören Sie, Miskler ...«, sagte ich.

»Seien Sie ruhig, Cordell«, sagte er. Er nippte an seinem Kaffee und wandte sich dann wieder Laraine zu. »Um welche Uhrzeit haben Sie das Kaufhaus gestern verlassen?«

»Meinen Sie mittags?«

»Ja.«

»Punkt zwölf.«

»Und dann kamen Sie direkt hierher?«

»Ja.«

»Was hatten Sie an?«

»Was spielt es denn für eine Rolle, was ich ...«

»Versuchen Sie sich zu erinnern.«

»Mein Kostüm und eine Bluse«, sagte Laraine. »Baumwolle. Und braune Schuhe.«

Miskler notierte sich das. Seine Fragen mochten Laraine überraschen, mich wunderten sie keineswegs. Er würde im Haus herumfragen, ob jemand gestern Nachmittag ein Mädchen in einem Baumwollkostüm gesehen hatte.

»Welche Farbe hatte das Kostüm?«

»Eine Art Beige.«

»Wann genau kamen Sie hier an?«

»Um fünf nach zwölf, denke ich.«

»Und wann sind Sie wieder gegangen?«

»Etwa zehn vor eins.«

»Hatten Sie da noch immer das beigefarbene Kostüm an?«

»Natürlich.«

»Kann ich das mal sehen?«, fragte Miskler.

»Ich habe es gesehen«, sagte ich ihm. »Nicht ein Tropfen Blut daran. Miskler, Sie sind gewaltig auf dem Holzweg ...«

»Kann ich das Kostüm bitte sehen?«, sagte Miskler. Sie ging in das Zimmer nebenan und kam mit dem Kostüm zurück. »Ich muss das leider mitnehmen«, sagte Miskler.

»Wozu?«

»Das Labor wird sich das mal ansehen.«

»Miskler, Sie sind auf der völlig falschen Spur«, sagte ich. »Wenn Sie damit rechnen, an dem Kostüm Pulverspuren zu ...«

»Ach, Cordell, tun Sie mir einen gottverdammten Gefallen und halten Sie den Rand«, sagte Miskler. Er stellte eine

Empfangsbestätigung für das Kostüm aus, gab sie Laraine, klappte seinen Block zu und erhob sich dann. »Ich werde jetzt gehen, Miss Marsh, bleiben Sie bitte in der Stadt, ja?«

»Warum sollte ich denn nicht in der Stadt bleiben?«

»Das ist Ihre Sache. Ich sage Ihnen nur: Bleiben Sie hier. Machen Sie's gut, Cordell.« Er ging zur Tür, machte sie auf und zog sie hinter sich zu.

»Was sollte das denn?«, fragte Laraine.

»Sie werden das Kostüm absaugen«, sagte ich. »Wenn du eine Waffe abgefeuert hast, als du es anhattest, dann werden sie auf dem Stoff Pulverspuren finden.«

»Absaugen?«

»Genau. Mit einem Söderman-Heuberger-Filter. Du hast doch keine Waffe abgefeuert, oder?«

»Nein.«

»Dann musst du dir keine Sorgen machen. Selbst wenn du es getan hättest – sie entdecken die Pulverspuren nicht immer. Cops brüsten sich gern damit, was die im Labor alles können. Manchmal finden die da erstaunliche Sachen heraus, aber manchmal eben auch nicht.«

»Wie gehen die denn vor?«

»Wenn es auf dem Stoff deines Kostüms Pulverrückstände gäbe, würden die in dem Staubsauger landen, und wenn sie sich den Inhalt dann unter einem Mikroskop ansehen, stoßen sie darauf. So einfach ist das. *Wenn* es Pulverrückstände gibt. Aber da es ja keine gibt, musst du dir auch keine Sorgen machen.«

»Ein ziemlich ungehobelter Mistkerl, was?«, sagte Laraine.

»Du hattest dich hervorragend im Griff.«

»Danke.« Sie sah auf die Uhr. »Ich muss zur Arbeit. Sehe ich dich heute Abend?«

»Ja.«

»Was tust du jetzt?«, fragte sie.

»Ich werde mich rasieren«, sagte ich und warf ihr ein Lächeln zu. »Und dann muss ich jemanden besuchen.«

»Wen?«

»Jemanden.«

»Okay, dann behalt dein Geheimnis für dich«, sagte Laraine. Sie gab mir einen flüchtigen Kuss und ging zur Tür. »Bis heute Abend.«

Der Jemand, den ich besuchen wollte, war Fran West.

Es war mir relativ egal, dass die Lady nicht recht mit der Sprache herausgerückt war, wie sie ihr Geld verdiente, aber dass sie den Cops erzählt hatte, dass ich gestern nicht bei ihr gewesen sei, das nahm ich ihr ziemlich übel. Ich bin ein Anhänger der Theorie, dass niemand lügt, wenn er nicht irgendeine Wahrheit zu verbergen hat. Fran West hatte den Cops eine Lüge aufgetischt, und ich wollte verdammt noch mal wissen, warum.

An diesem Morgen fegte Mr. Hitler nicht die Treppe vor dem Haus. Vielleicht war ihm das Pflaster zu heiß geworden, obwohl es noch früh am Tag war. Ich drückte die Klingel, der Summer ertönte, ich drückte die Tür auf und schleppte mich in den dritten Stock. Vor der Nummer 3C blieb ich stehen und klopfte an die Tür.

»Wer ist da?«, rief Fran.

»Cordell.«

»Einen Augenblick.« Sie öffnete die Tür. Sie trug Bermudashorts und eine weiße Bluse. Es sah so aus, als sei sie schon eine Weile wach gewesen. Sie war frisch gekämmt und gestriegelt. »Kommen Sie rein«, sagte sie. »Ich sitze noch beim Kaffee.«

Ich betrat die Wohnung. Die Klimaanlage lief noch immer auf vollen Touren. Es war, als würde man in eine Tiefkühllagerhalle kommen.

»So früh am Morgen schon auf?«, sagte ich.

»Ja, ein neues Blatt im Buch meines Lebens. Ich bin um acht aufgestanden und habe mir unten die Morgenzeitungen geholt. Ich war gerade am Überlegen, wie ich mich mit Ihnen in Verbindung setzen könnte.«

»Weshalb?«

»Erst kommen *Sie*«, sagte sie. »Was führt Sie zu mir?«

»Das Verlangen nach Ihrem heißen Körper«, antwortete ich ihr.

»Na, so was«, sagte sie und zog die schwarzen Augenbrauen über ihren braunen Augen hoch. »Möchten Sie einen Kaffee?«

»Sehr gerne.«

Wir setzten uns in ihre Frühstücksecke. Dies schien ein rosaroter Tag mit netten Frühstücksrunden in der ganzen Stadt zu werden.

»Sind Sie tatsächlich ein solcher Lustmolch, Cordell?«, fragte sie.

»O ja«, sagte ich, und sie goss Kaffee in einen riesigen Becher.

»Dann sind Sie hier richtig«, antwortete sie. »Ehrlich.«

»Sicher«, sagte ich. »Ehrlich.«

Sie warf mir einen fragenden Blick zu. »Was ist los, Cordell?«

»Einiges«, sagte ich.

»Dann schießen Sie mal los.«

»Erstens: Sie haben nicht für irgendwelche Käseblätter Modell gestanden. Sie haben die ganze Zeit für Knowles in fremden Betten posiert.«

»Okay«, sagte sie und zuckte die Schultern.

»Sie streiten das nicht ab, Fran?«

»Warum sollte ich? Ist es das, was Ihnen auf der Seele brennt?«

»Keineswegs.«

»Dann spucken Sie es aus.«

»Sie haben die Cops gestern belogen. Ich habe denen gesagt, dass ich von halb zwölf bis halb eins bei Ihnen gewesen bin. Sie haben ihnen gesagt, ich sei nicht hier gewesen. Sie hätten mich in ganz schöne Schwierigkeiten bringen können, indem Sie mein Alibi geleugnet haben. Wieso?«

»Trinken Sie Ihren Kaffee«, sagte sie. »Und hören Sie auf, dummes Zeug zu reden.«

»Ich will wissen, warum Sie gelogen haben.«

»Ich habe nicht gelogen«, sagte sie ganz einfach. »Sie wissen gar nicht, was Sie da reden.«

»Also haben Sie Miskler gesagt, dass ich hier gewesen bin?«

»Natürlich habe ich das. Warum hätte ich es ihm nicht sagen sollen?«

»Und warum sollte Miskler mir die Unwahreit sagen?«

Fran zuckte die Schultern. »Vielleicht glaubt er ja keinem von uns. Vielleicht meint er, dass *Sie* Dom und Christine umgelegt haben. Vielleicht denkt er, ich sei verrückt nach Ihnen und würde Ihnen deshalb ein Alibi zuschustern. Was halten Sie davon?«

»Schon möglich«, sagte ich. »War er lange bei Ihnen?«

»Etwa eine halbe Stunde, und er hat jedes Register gezogen, um Ihr Alibi in Stücke zu reißen.«

»Wirklich überzeugen tut mich das nicht.«

»Warum sollte ich lügen?«, sagte Fran.

»Warum lügt überhaupt jemand?«, sagte ich. »Aber es tun nun mal alle.«

»Das können Sie wohl laut sagen. Hier. Ich muss Ihnen etwas zeigen.« Sie nahm die Morgenzeitung und schlug sie auf Seite drei auf. »Sehen Sie.«

»Was ist das?«

Ich nahm mir die Zeitung vor. Der Artikel über Christine Archeses Tod stand ganz oben unter einer fetten Überschrift. Unter ihrem Foto stand »Neues Opfer«. Daneben war ein

Foto von Dom Archese abgedruckt, und darunter stand »Erstes Opfer«. Und daneben befand sich ein Foto von Johnny Bridges, und darunter stand »Verdächtig?«. Ein nettes Trio.

»Und?«

»Spielen wir ›Wer war es?‹. Wer war Dennis Knowles' Klient?«

»Fangen Sie an.«

Ihr Finger fuhr über die Seite und landete mitten auf Dom Archeses Stirn.

»Er«, sagte sie.

»Das soll der Mann sein, der Dennis Knowles beauftragt hat?«

»Das ist er.«

»*Nicht* Johnny Bridges?«

»Ja und nein. Er sagte, er sei Johnny Bridges. Ich dachte, ich glaube es nicht, als ich das Foto sah. Als ich den Artikel gelesen hatte, da wusste ich, dass es Dom Archese war. Warum hat er Dennis gegenüber Ihrer Meinung nach einen falschen Namen benutzt?«

»Das ist nicht unbedingt ungewöhnlich«, sagte ich. »Einer Menge Leute ist es peinlich, ihre schmutzige Wäsche vor einem Privatdetektiv auszubreiten. Wenn sich eine Frau einen anderen sucht, lässt das vielleicht Rückschlüsse auf den Mann zu – oder er denkt das zumindest. Also geht er zu einem Detektiv und sagt, er sei John Sowieso. In diesem Fall könnte Archese geglaubt haben, zwei Fliegen mit einer Klappe zu schlagen. Einen Namen zu benutzen, der nicht der seine ist – Johnny Bridges – und dann vorzugeben, dass Dom Archese beobachtet werden soll. Das Foto, das er Dennis gegeben hat, war ein Foto von Johnny, richtig?«

»Ja.«

»Natürlich. Und er sagte, das sei Archese, ja?«

»Ja.«

»Also hat er ganz einfach seine Identität gewechselt. Was

nichts anderes heißt, als dass er den Verdacht hatte, es sei etwas zwischen Christine und Johnny. Und das erklärt auch, warum er das Interesse an der Sache verlor, als Sie ihm berichteten, dass Johnny sich mit einem Mädchen namens Laraine Marsh traf. Da wusste Dom, dass es nicht stimmte, dass Johnny hinter seiner Frau her war. Wahrscheinlich wollte er die Sache gerade fallen lassen, als er starb.«

»Aber wer hat ihn umgebracht?«

»Ich weiß es nicht«, gab ich zu. »Wenn Johnny und Christine nicht ...«

Das Telefon klingelte. »Entschuldigen Sie«, sagte Fran und nahm den Hörer ab. »Hallo? Oh, hallo, Dennis.« Sie hörte der Stimme am anderen Ende der Leitung zu. »Ja, ich habe das schon gesehen. Ich rede gerade mit Cordell darüber. Ja, er ist hier. Ja, er wollte mit mir reden, gibt es irgendein Gesetz, das das verbietet? Ach, sei doch kein Dummkopf, Dennis.« Sie hörte ihm zu. »Du bist wirklich ekelhaft, Dennis. Mach's gut«, sagte sie frostig und knallte den Hörer auf.

»Ärger?«

»Oh, was für ein Idiot!«, sagte sie.

»Was ist denn los?«

»Es stört ihn, dass ich mit Ihnen allein bin. Er meint wohl, er wäre mein Vater oder so was. Dass ich mit wildfremden Männern ins Bett gehüpft bin und mich in ihren Armen hab fotografieren lassen, das hat ihn dagegen überhaupt nicht geschert, verdammt noch mal.« Ihr Blick drückte Ekel aus. »Ich schätze, er mag Sie eben einfach nicht, Cordell. Er hat Ihnen doch auch die Cops auf den Hals gehetzt, oder?«

»Ja.«

»An Ihrer Stelle würde ich ein Auge auf ihn haben. Dennis hat ein gutes Gedächtnis, und seine Nase tut ihm jedes Mal weh, wenn es draußen anfängt zu regnen.«

»Ich passe auf«, sagte ich.

»Ich meine es ernst. Er ist ein ziemlich nachtragender

Kerl, und er würde wahrscheinlich nichts lieber tun, als Sie zu einem Drink einzuladen, dem er etwas Arsen beigemischt hat.«

»Okay, okay.«

»Also? Wer hat die beiden erschossen?«

»Ich habe keine Ahnung. Laraine nicht, denn die war bei der Arbeit. Ich auch nicht, das ist ziemlich sicher. Sie glauben doch wohl nicht, dass Dennis etwas damit zu tun hat?«

»Darauf würde ich nichts wetten.«

»Oder dieser Ryan?«

»Wer ist das?«

»Arbeitet in der Schneiderei – oder vielmehr hat er das bis jetzt. Er ist Musiker und spielt Trompete bei einer ...« Plötzlich kam mir ein Gedanke. »Ich denke, ich sollte mal mit ihm reden.«

»Aber erst nehmen Sie noch einen Kaffee.«

Sie goss mir Kaffee nach, und da sie nun schon mal so dicht neben mir stand, küsste sie mich.

»Gut?«, sagte sie.

»Sehr.«

»Mehr?«

»Nicht jetzt.«

»Wann dann?«

Ich zuckte die Schultern.

»Okay, dann trinken Sie wenigstens Ihren Kaffee.«

Ich trank meinen Kaffee, und wir plauderten. Ab und an küsste mich Fran. Es war angenehm. Ich blieb noch eine halbe Stunde, dann ging ich. Meine Gedanken waren noch ganz bei dem heißen Kaffee und ihren angenehmen Küssen. Ich kam runter in den zweiten Stock, und da traf es mich.

Wahrscheinlich habe ich in meinem Leben schon härtere Schläge abbekommen, aber in diesem Moment kam es mir vor, als sei das der härteste Schlag gewesen, den mir jemals jemand in meinen gesamten dreiunddreißig Jahren verpasst hatte. Ich brauchte gar keinen Anatomie-Crack, der mir erzählte, dass das, was ich abbekommen hatte, kein Teil des menschlichen Körpers war. Was immer mich getroffen hatte war hart und unnachgiebig und entweder Metall oder Holz.

Es hatte mich seitlich am Kopf erwischt, den Kiefer direkt unterhalb des rechten Ohrs. Ich taumelte zur Seite, und meine gesamte rechte Gesichtshälfte flammte auf vor Schmerz.

Ich wankte gegen das Geländer, und der zweite Schlag kam von der anderen Seite.

Auch das war keine Faust. Ich hatte gesehen, was es war, und es war ein Totschläger, und der sauste auf meine linke Schulter, und dann schwang der Typ rechts von mir erneut sein kleines Überraschungspaket, doch dieses Mal riss ich meine Hand abwehrend hoch, was sich als Fehler herausstellte, denn das Ding, das er schwang, war ein Bleirohr, und das krachte auf meinen Mittel- und meinen Zeigefinger, und ich schrie auf vor Schmerz und taumelte nach links, wo mich bereits der Totschläger erwartete.

Ich hatte keine Ahnung, wer da auf mich eindrosch. Es schien mir im Moment auch nicht wichtig. Meine Angreifer waren zwei Hurensöhne, die Totschläger und Bleirohr hießen. Die Leute, die sie schwangen, musste man mir nicht vorstellen. Ich schoss meine Faust auf das Gesicht hinter dem Totschläger ab, und dann traf mich das Bleirohr in die Rippen, und ich drehte mich einmal um mich selbst und griff nach dem Treppengeländer. Ich umfasste den Holzlauf, und der Totschläger landete auf meinen Fingern. Ich öffnete meine Hände und ließ das Holz los, sackte auf die Knie und wusste, dass ich nicht zu Boden gehen durfte, denn in dem Moment, in dem ich vor ihren Füßen lag, würden sie mir mit dem Rohr und diesen lederüberzogenen zwanzig Zentimetern der Zerstörung das Gehirn aus dem Schädel prügeln.

Ich versuchte, auf die Beine zu kommen.

Das Rohr traf mich. Ich hatte es schon aus einer Meile Entfernung kommen sehen, und ich hatte versucht, ihm auszuweichen, aber in genau dem Augenblick kriegte ich von der anderen Seite einen Tritt gegen den Oberschenkel, und das Rohr krachte auf mein Schulterbein und hinterließ einen dumpf pochenden Schmerz, und dann erwischte mich der Totschläger direkt über der Nase, und ich polterte mit allen vieren und meinem Gesicht auf den Holzfußboden.

»Jetzt zeig's dem Bastard«, sagte eine Stimme, und instinktiv riss ich die Hände schützend über meinen Hinterkopf, und das Rohr fetzte herab auf meine geballten Fäuste, und dann der Totschläger, und dann das Rohr, und dann hörte ich eine Stimme: »Was ist denn da oben los?«, und ich denke, ich sollte Detective Arthur de Ponce auf ewig dankbar sein, dass ich heute noch am Leben bin.

10

Sie stürzten die Treppe hinunter. Ich konnte einen kurzen Blick auf sie erhaschen, als sie an mir vorbeisprangen, zwei Hünen. Diesen Blick würde ich mein Leben lang nicht vergessen. In diesem Moment zählte ich für die beiden nicht mehr. Ihre ganze Aufmerksamkeit galt jetzt De Ponce, der mit seinem Revolver in der Faust die Treppe heraufgestürmt kam. Der Totschläger und das Bleirohr walzten die Stufen hinab wie eine Panzerdivision. Das Bleirohr schmetterte De Ponce seine Schulter gegen die Brust und brachte ihn aus dem Gleichgewicht, die Faust mit dem Revolver schlug über seinem Kopf gegen die Wand, und der Totschläger polterte an ihm vorbei und die Treppen hinunter und war im Nu auf und davon. De Ponce ließ seinen Revolver auf Bleirohrs Schädel schmettern und wirbelte ihn zur Seite, hastete nach unten und schrie »Stehen bleiben!« und feuerte im selben Moment einen Schuss ab. Er schoss noch einmal und dann ein drittes Mal, und dann drehte er sich nach Bleirohr um, der gerade dabei war, wieder auf die Beine zu kommen.

Die .38er zielte auf Bleirohrs Magen.

»Okay«, sagte De Ponce. »Feierabend.«

Bleirohr war offenbar noch nicht nach Feierabend. Bleirohr starrte auf die .38er und schätzte die Chancen ab, ob sein Rohr noch vor der Kugel ins Ziel gehen könne. Schließlich akzeptierte er die Grundregeln der Physik. Langsam streckte Bleirohr die Hände nach oben.

Beinahe gelassen marschierte De Ponce auf ihn zu. Einige Sekunden lang sah er ihn wortlos an, und dann katapultierte er seine linke Faust mitten in Bleirohrs Gesicht.

»Verdammter Hurensohn«, murmelte De Ponce und ließ den Bügel seiner Handschellen um Bleirohrs Handgelenk schnappen, zerrte ihn zum Treppengeländer und legte den anderen Bügel um den hölzernen Handlauf. De Ponce kam auf mich zu und kniete sich neben mich.

»Sind Sie okay, Cordell?«

Ich grunzte.

De Ponce drehte mich vorsichtig auf die Seite, sah mein Gesicht und zuckte zusammen. »Mein Gott«, sagte er.

Ich versuchte ein schwaches Nicken.

»Ich rufe besser einen Krankenwagen.«

Ich nickte noch einmal.

»Kennen Sie die Kerle?«

»Nein. Ich ... ich glaube, meine rechte Hand ist gebrochen.«

»Der andere ist abgehauen«, sagte De Ponce wie zu sich selbst.

»Ich habe sein Gesicht gesehen.«

»Das habe ich auch.« Er betrachtete noch immer das, was von meinem Gesicht übrig war, und es gelang ihm nicht, den sorgenvollen Ausdruck aus seinen Augen zu verbannen. »Ich erledige ein paar Anrufe«, sagte er. »Bewegen Sie sich nicht, Cordell, okay?«

Ich bewegte mich nicht. Das fiel mir nicht weiter schwer. Ich verlor einfach das Bewusstsein.

Die Hände des Arztes waren kräftig. Seine Hände tasteten die Beulen und Platzwunden ab, säuberten, wischten, drückten und flickten.

Die Hände der Schwester waren sanft. Ihre Hände legten sich mitfühlend um meine, als ich vor Schmerz aufschrie.

Es roch nach Alkohol, und es roch nach Verbänden. Das Stechen einer Nadel in meinem Arm und dann dumpfe Wellen, die über mich hinwegwalzten, der abebbende Schmerz und dann wieder Stille, schwarzes Nichts.

Es war dunkel, als ich wieder zu mir kam. Irgendwo rumorte eine Klimaanlage. Ich lag auf einem sauberen Laken und war zugedeckt mit einem sauberen Laken. Ich blinzelte hinauf zur Zimmerdecke.

»Da sind Sie ja wieder«, sagte eine sanfte Stimme.

Ich drehte meinen Kopf zur Seite, und der plötzliche Schmerz erinnerte mich daran, was passiert war. Sie saß neben dem Bett in der gestärkten weißen Kluft einer Krankenschwester. Wenn sie sich bewegte, raschelte es. Sie hatte leuchtend rotes Haar – Haar, wie es nur Mädchen haben, die aus Irland stammen. Ihre Nase war übersät mit kleinen dunklen Punkten. Sie hatte blaue Augen, und ihre Haut würde wahrscheinlich hummerrot, wenn sie zu lange in der Sonne säße. Auf ihrem roten Haar thronte ein weißes Hütchen mit einem schwarzen Band.

»Wie lange bin ich schon hier?«, fragte ich.

Sie sah auf die Uhr. »Es ist gleich sechs. Wie fühlen Sie sich?«

»Ganz gut.« Ich hob meine rechte Hand, um mir den trockenen Geschmack vom Mund zu wischen. Die Hand steckte in Gips. »Ist sie gebrochen?«, sagte ich.

»Ja.«

»Schlimm?«

»Zwei Finger. Aber die werden schon wieder.«

Ich nickte.

»Wer war das?«, fragte sie.

»Keine Ahnung.«

»Vorhin war ein Detective Miskler hier. Er wollte Sie sprechen. Der Doktor hat ihn weggeschickt. Er wollte wissen, wann Sie wieder auf dem Damm sind. Er sagte, Sie sollen sich ein paar Fotos ansehen.«

Wieder nickte ich. Langsam sickerte mir ins Bewusstsein, welche Mengen an Pflaster und Verbandsstoff auf meinem Gesicht klebten. Langsam sickerte mir ins Bewusstsein, dass meine rechte Hand gebrochen war, und was ist von einem Mann noch übrig ohne seine rechte Hand? Er ist aufgeschmissen. Dann sickerten mir die Schmerzen an Hunderten von Stellen meines Körpers ins Bewusstsein, die ich noch nie zuvor gespürt hatte.

»Wie heißen Sie?«, fragte ich.

»Peggy.«

»Das passt ja.«

»Warum?«

»Brunhilde würde zu Ihrem Gesicht jedenfalls nicht passen.«

Sie zauberte ein Lächeln hervor. »Ich sage dem Doktor Bescheid, dass Sie wach sind.«

»Okay.«

Sie ging zur Tür. »Versuchen Sie nicht, sich aufzusetzen. Sie haben einen schweren Schock erlitten und …« Sie zuckte die Schultern. »Bleiben Sie einfach ruhig liegen. Ich hole den Doktor.«

Ich machte keine Anstalten, mich aufzusetzen. Ich starrte an die Decke, dachte an die Gesichter von Bleirohr und Totschläger und fragte mich, wer sie wohl dafür bezahlt haben mochte, über mich herzufallen. Ich fühlte mich erbärmlich.

Die Tür ging auf. Peggy betrat das Zimmer, gefolgt von einem dünnen Kerl mit schmalem Gesicht. Er grinste.

»Na, wieder unter uns?«, sagte er.

Ich nickte.

Er streckte mir seine Hand hin. Ich war mir nicht sicher, ob er es gewesen war, der mich verarztet hatte, bis ich seinen Griff spürte. Fest und sicher.

»Wie geht es Ihnen?«

»Na ja.«

»Sie sind doch nicht etwa der Heldentyp, was?«

»Wie meinen Sie das?«

»Sie werden sich doch nicht gleich auf Ihre Kleider stürzen und zusehen, dass Sie hier rauskommen?«

»Daran habe ich noch gar nicht gedacht.«

»Sicher können Sie es kaum abwarten, herauszufinden, wer Ihnen das angetan hat.«

»Allerdings.«

»Warten Sie damit bis morgen früh. Am besten bis morgen Abend. Sie haben ein paar ganz schöne Verletzungen abbekommen. Wo Sie jetzt wieder bei Bewusstsein sind, wollen wir ein paar Röntgenaufnahmen machen. Dann sehen wir weiter.«

»Okay«, sagte ich.

»Ihre Hand ist gebrochen.«

»Ja.«

»Einfache Fraktur des Zeigefingers, etwas komplizierter der Mittelfinger. Aber das sollte schon wieder werden.«

»Hoffen wir es.«

»Ja. Also keine Heldennummern, Cordell?«

»Glauben Sie wirklich, ich würde es schaffen, an meine Hose zu kommen?«

»Die Polizisten meinten, Sie seien manchmal etwas ... sagen wir mal, stur.«

Ich versuchte ein mattes Lächeln. Jede Faser meines Gesichts begann zu brennen.

»Wo *sind* denn meine Sachen, Doktor?«, fragte ich.

Er wies mit seinem Kopf in die andere Ecke des Zimmers. »Im Schrank da drüben.«

Ich sah hinüber zu dem Schrank. »Das schaffe ich niemals«, sagte ich.

»Versuchen Sie es gar nicht erst, Cordell. Es kann gut sein, dass Sie schlimmere Verletzungen davongetragen haben, als Sie meinen.« Er lächelte. »Morgen früh röntgen wir Sie.«

»Okay«, sagte ich.

»Haben Sie Hunger?«

»Ein bisschen.« Ich überlegte. »Eher Durst.«

»Miss Collins wird Ihnen etwas zu essen bringen. Und ein Glas Milch.«

»Milch?«, sagte ich. Ich versuchte, die Augenbrauen hochzuziehen, aber selbst das tat verdammt weh.

»Milch«, sagte der Arzt noch einmal. Er ging zur Tür, und dann war er verschwunden. Peggy Collins lächelte mich an. »Ich hole Ihnen etwas zu essen«, sagte sie, und dann verließ auch sie das Zimmer.

Ich starrte wieder an die Decke. Um ehrlich zu sein, hatte ich nicht die geringste Sehnsucht nach Bleirohr und Totschläger. Es gab wenig, das ich gegen sie hätte ausrichten können, jedenfalls im Moment. Meine Linke war nicht gerade berüchtigt, und die Rechte steckte im Gips. Im Augenblick beschäftigte mich mehr der Gedanke, dass ich anscheinend jemandem so auf die Füße getreten war, dass dieser Jemand keine Mühen scheute, um mich aus dem Weg zu räumen. Das konnte bedeuten, dass ich auf einer heißen Spur war. Und Spuren bleiben nur so lange heiß, wie man sie nicht aus den Augen verliert. Man muss sie anfachen und sich um sie kümmern. Alles, worum ich mich hier im Krankenhaus kümmern konnte, war mein demoliertes Gesicht. Und alles, was ich anfachen konnte, war meine fiebrige Stirn.

Ich kletterte aus dem Bett.

Das war komplizierter, als ich gedacht hatte. All die Beulen und Platzwunden meldeten sich schlagartig auf einmal und gaben ihr Bestes, um mich zurück auf die Matratze zu pressen. Ich hielt ihnen stand. Ich hielt mich für einige Minuten an dem metallenen Bettgestell fest und wartete darauf, dass meine Beine damit herausrückten, ob sie es schaffen würden, wartete darauf, dass das Schwindelgefühl von mir abließ. Nach einer Weile entschied ich mich, die Reise rüber zum Schrank anzutreten. Ich machte einen Schritt und krachte flach aufs Gesicht.

Ich stand auf.

Ich stützte mich gegen die Wand.

Ich wartete ab.

Dann versuchte ich es noch einmal. Diesmal klappte es besser. Ich schwankte durch das Zimmer und taumelte gegen die Schranktür, ging aber nicht in die Knie. Ich verschnaufte einige Minuten, um Kräfte zu sammeln, damit ich die Schranktür aufbekam, und dann fing ich an, mich anzuziehen. Ich hörte die klappernden Schritte der Schwestern draußen auf dem Flur. Ich fragte mich, ob Peggy Collins ebenfalls solche Schuhe trug. In der einen Ecke des Zimmers war ein Waschbecken mit einem Spiegel darüber. Als ich mich angezogen hatte, machte ich mich auf den Weg dahin und begutachtete mein Spiegelbild.

Ich sah nicht besonders in Form aus.

Das war wahrscheinlich leicht untertrieben.

Unter den ganzen Pflastern und Verbänden war nicht viel von meinem Gesicht zu erkennen. Mein rechtes Auge guckte heraus, denn das hatte nichts abgekriegt. Trotzdem war es blau und violett und rot, und die Lippen waren auf das Dreifache dessen angeschwollen, was ich von ihnen in Erinnerung hatte. Ein hübscher Stapel Pflaster klebte über meiner Augenbraue, und ich schloss daraus, dass hier ein Hieb des Totschlägers oder des Bleirohrs gelandet war. Mein geschwollenes Auge war dagegen kaum der Rede wert.

Ich betrachtete das Gesicht vor mir im Spiegel, und dann traf ich meine Entscheidung.

Ich würde Hollywood aufmischen.

Aber zuerst musste ich es aus dem Krankenhaus schaffen. Ich ging in Richtung Tür. Meine Beine fingen an, sich so zu verhalten, als wäre ihnen wieder eingefallen, wer all die Jahre für ihren Unterhalt aufgekommen war. Ich machte die Tür einen Spalt auf und blinzelte hinaus auf den Flur. Er war sauber und weiß und führte direkt zu dem Aufzug am anderen Ende des Gebäudes. Über einer Tür auf halbem Wege prangte ein Schild mit der Aufschrift »Exit« in roten Lettern. An der Tür gegenüber stand »407«. Vier Runden also bis nach unten. Eine Schwester huschte vorbei. Sie bemerkte nicht das geschwollene Auge, das ihr durch den Türspalt folgte. Ich horchte nach weiteren Schritten. Die Schwester blieb vor dem Aufzug stehen und drückte auf den Knopf. Der Fahrstuhl kam, und die Türen gingen auf. Die Schwester verschwand in der Kabine. Noch einmal horchte ich nach Schritten. Nichts.

Ich öffnete die Tür ganz und ging hinüber zu der Tür mit dem »Exit«-Schild in der Mitte des Flurs. Ich öffnete auch diese Tür, ging in das Treppenhaus und machte die Tür hinter mir zu. Ich lehnte mich dagegen, weil mir wieder schwindelig wurde. Ich wartete einen Moment. Dann nahm ich die Treppen in Angriff.

Ich verließ das Treppenhaus nicht im Erdgeschoss, sondern ging noch eine Etage tiefer in die Garage, öffnete die Tür und humpelte an einem Krankenwagen vorbei und an einem Mann, der daneben auf einem Stuhl saß und in den *Confidential* vertieft war.

»Hallo«, sagte ich.

Er sah kaum auf. »Hi«, antwortete er, und dann kroch er zurück in die Betten der Filmstars. Ich ging die Rampe hoch und stand auf der Straße. Es hatte sich etwas abgekühlt, war aber immer noch mächtig heiß. Es kam mir ruhiger vor als sonst. Vielleicht lag das an den Bandagen über meinem Ohr.

Ich fragte mich, wo Dave Ryan stecken mochte.

Ich beschloss, das herauszufinden.

Ich kaufte mir eine Sonnenbrille und einen billigen Strohhut. Laraine Marsh hatte mir am Tag zuvor zehn Dollar in die Hand gedrückt, und die reichten gerade. Ich hatte ihr gesagt, dass ich mir die nur leihen würde. Sonst hätte ich sie nicht angenommen. Ich habe nichts gegen Bettelei, aber nicht bei einer Frau, mit der du gerade die Nacht verbracht hast.

Ich kramte den Zettel mit Dave Ryans Adresse hervor, die Johnny Bridges mir gegeben hatte. Ich nahm die U-Bahn bis zur 116. und dann ein Taxi bis zur 120. Straße. Die Taxifahrt kostete fünfzig Cent einschließlich Trinkgeld. Ryans Wohnung lag im Erdgeschoss. An der Tür stand »Hausmeister«. Ich klopfte.

Ich hatte nicht einmal Zeit zum Luftholen.

In der Tür stand eine irische Waschfrau und sah mich an. Sie war nicht wie eine irische Waschfrau gekleidet, aber ihr Gesicht konnte mich nicht täuschen, obwohl sie anscheinend ihre Sonntagssachen trug. Ihr Gesicht war schlaff, der Lippenstift verschmiert, und ihre Körperpflege schien vor allem darin zu bestehen, ihre Pfunde aufzustocken. Ihr Kleid war um einiges zu eng, und ihre Schuhe waren um einiges zu hoch.

»Was wollen Sie?«, fragte sie.

»Ich suche Dave Ryan.«

»Der ist nicht da.«

»Und wer sind Sie?«

»Seine Mutter. Ich bin gerade auf dem Weg in die Spielhalle. Sind Sie einer seiner Musikerfreunde?«

»Nein.«

»Na ja, er ist nicht da. Was wollen Sie denn von ihm?«

»Wissen Sie, wo er ist?«

»Ich habe keine Ahnung, wo er sich rumtreibt und was er anstellt. Das ist seine Sache. Alles, was ich weiß, ist, dass er die ganze Zeit auf seiner Trompete spielt, wenn er hier ist. Das war ein großer Fehler, ihm das Ding zu kaufen.«

»Und Sie haben keine Ahnung, wo er sein könnte?«

»Keine. Ich muss meine Ohrringe anlegen.«

»Kann ich hereinkommen?«

»Warum?«

»Sie scheinen in Eile zu sein, und ich will Sie nicht aufhalten. Ich möchte nur gern wissen ...«

»Ich weiß nicht, wo Davey ist«, sagte sie. »Warum fragen Sie nicht seinen Freund?«

»Und wer wäre das?«

Sie sah mich misstrauisch an. »Sind Sie Ire?«, fragte sie.

»Ja.«

»Kommen Sie rein. Für einen Drink habe ich gerade noch Zeit, bevor ich losmuss.«

Ich betrat die Wohnung. Die Küche war einmal gelb gestrichen gewesen. Jetzt wurden die Wände von Flecken dominiert, die vom Kochen herrührten. Mrs. Ryan nahm eine Whiskeyflasche aus dem Regal und füllte ordentlich was in zwei Wassergläser.

»Auf den Alten«, sagte sie. »Auf dass er sich in seinem Grab umdreht.«

Ich hob mein Glas und trank.

»Mein Mann«, erklärte sie. »Der Mistkerl ist vor zwei Jahren gestorben. Hat mich sitzen lassen.« Sie schüttete den Whiskey hinunter und schenkte sich noch einen ein. »Ich bin eine heißblütige Frau, wissen Sie. Er hätte nicht sterben und mich hier alleinlassen dürfen.«

»Dieser Freund von Dave«, warf ich ein.

»Ja. Er heißt Andy. Er spielt Saxofon oder so was. So ein gebogenes Ding mit einem schwarzen Mundstück.«

»Ein Saxofon«, stimmte ich ihr zu. »Und wie heißt er weiter?«

»Schlagen Sie mich«, sagte sie. »Noch einen Drink?«

»In Ordnung.«

Sie goss ein.

»Ich hasse diese verdammten Spielhallen«, gestand sie. »Ein Haufen alter Frauen sitzt da rum und wartet darauf, etwas abzuschießen. Etwas Großes. Fünfundzwanzig Dollar.« Einen Moment lang stierte sie vor sich hin. »Ich bin eine leidenschaftliche Frau, aber ich hasse es, in Bars herumzuhängen. Die Leute denken, du sitzt da, um dich abschleppen zu lassen. Wissen Sie, wovon ich rede?« Sie betrachtete mich eingehend. »Ich will ja nicht neugierig sein«, sagte sie. »Aber was zum Teufel ist Ihnen denn passiert?«

»Jemand hat mich verprügelt«, sagte ich.

»Einen kräftigen Kerl wie Sie?«, antwortete sie ungläubig. »Der muss ja ein Bleirohr benutzt haben.«

»Hat er.«

»Hat er?«, sagte sie überrascht. Sie ließ ein lockendes Geräusch ertönen und schenkte sich nach.

»Andys Nachname«, erinnerte ich sie. »Fällt Ihnen der ein?«

»Nein. Der würde mir schon einfallen, wenn ich ihn einmal gehört hätte, aber ich habe ihn nie gehört. Einfach nur Andy. Dave nennt ihn den Tenor. Sagen Sie, haben Sie es eilig?«

»Ich würde Dave gern finden«, sagte ich.

»Zum Teufel mit Dave!« Sie grinste. »Immerhin haben Sie seine alte Mutter gefunden.«

»Eine nette Mutter obendrein«, sagte ich und erwiderte ihr Grinsen.

»Machen wir die Flasche nieder und stürzen uns ins Leben«, sagte sie. Das Lächeln verschwand aus ihrem Gesicht, und ihre Augen wirkten auf einmal jammervoll, voller Einsamkeit, und sie ließen das triste Leben einer Frau sichtbar werden, die einmal schön gewesen sein musste, die Ödnis der Spielhallen und Bars und einer gelben Küche mit Essensresten an den Wänden.

»Führen Sie mich nicht in Versuchung«, sagte ich. »Ich komme gerade aus dem Krankenhaus. Eine Frau wie Sie würde mich jetzt umbringen.«

Sie kicherte. Es war ein hintersinniges Kichern. Sie wusste, was ich ihr für einen Besen aufband, und das gefiel ihr. »Sie sind Ire, okay, Sie Bastard«, sagte sie. »Nehmen Sie noch einen Drink.«

»Ich muss diesen Andy finden«, sagte ich.

»Das dürfte nicht allzu schwer sein. Wenn er nicht mit Dave zusammensteckt, dann ist er in dem Süßwarenladen an der Ecke.«

»Ich hoffe, Sie gewinnen heute so richtig was«, sagte ich und stand auf.

»Das versuche ich schon, seit der Alte unter der Erde ist«, sagte sie. »Und ich habe noch nie auch nur einen Cent gewonnen.« Sie zuckte die Schultern. »Schauen Sie irgendwann mal wieder vorbei.«

»Das mache ich«, sagte ich. Sie wusste, dass ich das nicht tun würde.

Ich ging die Straße entlang und in den Süßwarenladen an der Ecke.

Der Kerl hinter dem Tresen sah auf, als ich hereinkam, würdigte mein Gesicht mit dem Blick, den es wahrscheinlich verdiente, und folgerte aus dem Elend, dass ich wohl ein Schlappschwanz sein musste.

»Ich suche einen Jungen namens Andy«, sagte ich.

»Ach ja?« Er manövrierte seinen Zahnstocher vom einen in den anderen Mundwinkel. Im hinteren Teil des Ladens hingen vier Jungs vor einer Jukebox.

»Ja«, sagte ich. »Kennen Sie ihn?«

»Andy und weiter?«

»Keine Ahnung.«

»Ich dachte, Sie suchen ihn?«

»Das tue ich.«

»Und Sie wissen nicht, wie er weiter heißt, was?«

»Richtig.«

»Das hier ist aber kein Fundbüro, Mac.«

»Ich heiße Matt«, sagte ich. »Und hören Sie mit dem Scheiß auf.«

»Wie?« Der Zahnstocher zwischen seinen Lippen stoppte in der Mitte seines Mundes.

»Ich habe gesagt, Sie sollen mit dem Scheiß aufhören. Ich habe Sie anständig etwas gefragt, und ich will mir keine dummen Sprüche anhören.« Ich legte meine rechte Hand auf den Tresen. »Sehen Sie das hier?«, sagte ich. »Die ist gebrochen. Aber meine Linke ist okay, und damit reiße ich Ihnen den Arsch auf, wenn ich auch nur noch einen dummen Spruch höre.«

»Ein harter Kerl, was?«, sagte er.

»Ja. Ein harter Kerl.«

»Und wie kommt es, dass ein harter Kerl so jämmerlich aus der Wäsche guckt?«

»Das waren sechs Typen, die mich in die Mangel genommen haben«, log ich. »Und die waren ein ganzes Stück größer als Sie und hatten ihre Baseballschläger dabei. Wollen Sie es mal ausprobieren?«

Er sah mich eine Weile an. »Harter Kerl« war alles, was er dann sagte.

»Kennen Sie Andy?«

»Ich bin Andy«, sagte eine Stimme von hinten aus dem Laden.

»Der Tenor?«

»Ja.« Er kam nach vorn. Er war ein hochgewachsener Junge mit schwarzem Haar und langen schwarzen Koteletten. Er legte den gleichen schlendernden Gang an den Tag wie Dave Ryan. »Was wollen Sie?«, fragte er.

»Ich bin auf der Suche nach Dave Ryan.«

»Und wer sind Sie?«, fragte er.

»Ein Freund von Laraine Marsh.«

»Ach ja, natürlich«, sagte er gedehnt. »Sie waren bei der Probe, stimmt's?«

»Ja«, sagte ich.

»Klar, jetzt erinnere ich mich. Mann, was ist denn mit Ihrem Gesicht passiert?«

»Ein Unfall.«

»Wow!«, sagte er und machte dazu ein Geräusch wie aus einem Reifen entweichende Luft, und dann sagte er noch einmal »Wow!«.

»Wissen Sie, wo ich Dave finden kann?«

»Er wollte sich heute Nacht ein bisschen umgucken. Bei den verschiedenen Combos in der Gegend, wissen Sie?«

»Was für Combos?«

»Das hat er nicht gesagt.«

»Wo? Downtown? In Läden wie dem *Birdland* oder dem *Downbeat?*«

»Das glaube ich kaum. Er war pleite. Vielleicht wollte er gucken, ob es irgendwo eine Session gibt.«

»Hatte er seine Trompete dabei?«

»Nein. Aber sein Mundstück.«

»Und was für eine Session?«

»Mein Gott, irgendwo halt. Es gibt eine Menge Combos, wissen Sie, die sich einfach so treffen, um zu spielen und nicht andauernd im Übungsraum abhängen zu müssen. Das ist weniger langweilig, und man bekommt ein besseres Gefühl dafür, wie gut man ist. Ich glaube, nach so etwas hat er heute gesucht. Das ist einerseits eine gute Übung, und zum anderen macht es Spaß, mit anderen Musik zu machen. Kapieren Sie das?«

»Kapiere ich. Wo finden diese Sessions statt?«

»Mal hier, mal da. Meistens auf der West Side. An der Lenox, die Gegend.«

»Wo an der Lenox?«

»O Mann, keine Ahnung. Mal hier, mal da.«

»Haben Sie gerade etwas vor, Andy?«

»Ich hänge hier ab.«

»Was halten Sie davon, mich zur Lenox Avenue zu begleiten?«

Er zuckte die Schultern. Ich wartete. »Ich will erst kurz zu Hause vorbei«, sagte er dann. »Mein Mundstück holen.«

»Verrückt«, sagte ich, und er blinzelte mir zu, und ich schloss daraus, dass er Menschen nicht ganz für voll nahm, die nicht nur keine Ahnung von Musik hatten, sondern auch keine Ahnung davon, was in der Seele eines Menschen vor sich geht, der nur für die Musik lebt. Mein Gott, was für eine Welt!

Der Laden an der Lenox brummte.

Die Musiker waren weiß und braun und schwarz. Niemand hier hatte irgendetwas anderes im Kopf als die Musik. Manchmal denke ich, dass alle ethnischen Vorurteile in der Luft verpuffen würden, wenn jeder ein Instrument erlernen und in einer riesigen internationalen Band spielen würde. Ich bin nie auch nur einem einzigen Musiker begegnet, ob nun schwarz oder weiß, für den die Hautfarbe so etwas wie eine Hürde dargestellt hätte. Und das gilt sogar für Musiker, die aus Gegenden kommen, wo ihnen die Vorurteile von gut meinenden Eltern quasi mit in die Wiege gelegt werden, um sie auf die harten Überraschungen des Lebens vorzubereiten. Das funktioniert nicht bei Musikern. Wenn drei Leute oder sechs Leute oder ein Dutzend Leute ihre Instrumente spielen, deren Klang zu einem gemeinsamen Sound verschmilzt, dann gibt es keinen Raum für Hass. Es geht um den Sound, und Musik hat ihre eigene Farbe, Blau oder Rot oder Blassgelb oder Violett.

Der Raum atmete eine verschworene Atmosphäre, und die ging nicht allein von den Instrumenten aus. Es war eine Harmonie, die in den im Takt schwingenden Füßen zu spüren war und in den klatschenden Händen, in den wippenden Köpfen, in den Gesichtern, wenn jemand einen außergewöhnlichen Riff spielte oder ein irrsinniges Solo ritt. Als ich den Raum betrat, fühlte ich mich schlagartig besser, und ich hätte jede Wette abgeschlossen, dass mich nicht ein Einziger hier fragen würde, was ich mit meinem Gesicht angestellt hätte.

Auf der Bühne standen sieben Mann. Fünf von ihnen waren farbig, die beiden anderen weiß. Die anderen Kerle und Frauen in dem Raum waren entweder ebenfalls Musiker oder einfach Leute, die Musik liebten. Der Pianospieler führte die Combo offenbar und prügelte komplexe dreifache Riffs in seinen stampfenden Bass, dann wechselte er in einen langsamen, entspannten Blues, warf plötzlich südamerikanische Einsprengsel ein und lockte damit einen anderen Musiker aus der Reserve, und er änderte sofort das Tempo, wenn er spürte, dass bei irgendwem der Elan nachließ. Einer der Musiker um das Piano herum war Dave Ryan.

Er blies im Duett mit einem anderen Trompeter, dann legte er ein Solo hin, und er schien überhaupt nicht aufhören zu können. Zeigte jemand auch nur die geringsten Ermüdungserscheinungen, dann wurde die Melodie sofort von einem anderen Instrument aufgegriffen. Und machte jemand tatsächlich schlapp, dann kam ein anderer für ihn auf die Bühne und holte sein Mundstück aus der Tasche. Es war wie eine Art Kettenbrief mit dem Piano als Fixpunkt. Ich hatte den Eindruck, sie würden so weiterspielen bis in alle Ewigkeit. Ich hatte den Eindruck, als hätte die Session irgendwann vor langer Zeit begonnen, in den Gründertagen

New Yorks, und immer neue Musiker wären seitdem auf die Bühne gekommen und hätten dort weitergemacht, wo ihre Vorgänger aufgehört hatten. Ich hatte den Eindruck, als wäre alles seit Ewigkeiten in Bewegung und würde für alle Ewigkeit so weitergehen.

»O Mann, was für ein Swing«, sagte Andy. »Sowie jemand nicht mehr mag, muss ich auf die Bühne.«

Ein hochgewachsenes farbiges Mädchen mit prächtigen Brüsten und herrlichen Beinen wandte sich zu uns um. »Sie spielen schon seit heute Mittag«, sagte sie. »Jocko hat sich irgendwann ans Klavier gesetzt, und dann kam der Gitarrenspieler dazu, und, Mann, dann ging es ab. Heute ist bestimmt jeder Musiker der Stadt hier gewesen. Jocko hat sich noch nicht einmal die Zeit genommen, etwas zu essen. Er spielt schon den ganzen Tag.« Sie hielt inne. »Ich bin Clara«, sagte sie.

»Ich bin Andy.«

»Ich bin Matt.«

»Ich singe«, sagte Clara. »Aber es gibt kein Mikro, und für diesen Sound ist meine Stimme einfach zu leise.«

Ich nahm sie näher in Augenschein. Sie hockte rechts von mir auf einem Stuhl, aber ich schätzte, dass sie es mit diesen Beinen bestimmt auf eins fünfundachtzig brachte. Ich konnte mir nur schwer vorstellen, dass in diesem stattlichen Körper eine so leise Stimme wohnte. Sie bemerkte meinen Blick, und dann lächelte sie angesichts meiner offensichtlichen Bewunderung. Sie schien sich keineswegs behelligt zu fühlen, wahrscheinlich weil ich auch gar nicht versuchte, sie zu behelligen. Man kann eine Frau so oder so ansehen. Und du kannst einer Frau nie vorspielen, dass du ihr nur schmeichelst, wenn du ihr in Wahrheit an die Pelle willst.

»Sind Sie auch Musiker?«, fragte sie in meine Richtung.

Ich setzte mich neben sie auf den Boden. »Nein«, sagte ich.

»Schade«, sagte sie. Dann schwieg sie für einen Moment. »Was gibt es denn sonst noch?«

Sie lächelte. Ihre Haut war dunkelbraun, und ihre perfekt geformten Zähne strahlten in makellosem Schneeweiß. Sie hatte ein schmales ovales Gesicht, fast orientalisch wirkende Augen und eine flache, breite Nase. Ihre Augen waren braun. Ihr Nacken war ein Traum. Ich bin nicht gerade jemand, der anderer Leute Nacken inspiziert, aber der Nacken dieses Mädchens war ein wahres Kunstwerk. Glauben Sie mir, ich will wirklich nicht albern klingen. Die Brüste unter ihrem Hemd waren voll, und ihr Kinn war ein gutes, kräftiges Kinn, und wie es überging zu der leckeren Kurve ihres Nackens, das erinnerte mich an eine Skulptur. Ihren Kopf hielt sie erhoben und ließ ihn ab und zu mitgehen im Rhythmus der Musik. Ich bezweifelte, dass sie wusste, was für einen wunderbaren Nacken sie hatte, und ich wollte sie nicht verderben, indem ich es ihr verriet.

Ich sah zu Ryan hinüber. Seine Wangen pumpten sich tennisballgroß auf und fielen wieder in sich zusammen, und er presste die Trompete an seine Lippen, dass es fast wirkte, als wäre sie dort festgeklebt. Er schien nicht die Spur müde oder erschöpft. Ich begann mich zu fragen, ob ich dieses Jahr noch dazu kommen würde, mit ihm zu reden. Er schien fest entschlossen, die ganze Nacht durchzuspielen. Ich schloss die Augen und lehnte meinen Kopf gegen die Lehne des Stuhls, auf dem Clara saß.

»Sie sind aber kein Junkie, oder?«, sagte sie auf einmal.

»Nein«, sagte ich.

»Die Brille«, erklärte sie. »So eine tragen nämlich viele von denen.« Sie zögerte. »Nicht dass mich das stören würde. Einige meiner besten Freunde sind Junkies«, und dann lachte sie über sich selbst. Ich ließ meinen Kopf an die Stuhllehne gelehnt und lauschte der Musik. Es war verdammt gute Musik. Clara hatte eine Stelle entdeckt, die nicht von Verbänden bedeckt war, und zupfte verspielt an meinen Haaren. Das bedeutete gar nichts. Ihr war nur danach, jemandem an den Haaren zu zupfen, und ich saß nun einmal zufällig neben ihr. Sie schien das ganz unbewusst zu tun und sah mich noch nicht einmal an dabei, sie lauschte der Musik und zwirbelte abwesend eine Haarlocke um ihren Finger, und dann ließ sie sie los und drehte sie abermals auf.

Es wurde Mitternacht, und dann wurde es zwei und dann vier, und die Musiker und die, die ihnen zuhörten, kamen und gingen, aber Ryan hatte alles andere im Sinn, als seine Trompete aus der Hand zu legen. Durch die Fenster begannen die ersten Sonnenstrahlen zu dringen, und sie spielten immer noch. Sie spielten jetzt ruhigere Sachen, Sachen, die zum frühen Morgen passten, Sachen, die aus dem tiefsten Innern kommen und in eine Trompete rinnen und von einer erloschenen Liebe erzählen und von besseren Tagen und von leeren Hotelzimmern und blinkenden Neonschildern in der regennassen Nacht.

Es war schon halb sieben durch, als Ryan die Trompete absetzte, sein Mundstück abnahm und auf Andy und mich zukam. Clara war auf ihrem Stuhl eingeschlafen, und ihre Hand ruhte noch immer auf meinem Kopf.

»O Mann, ich bin vielleicht fertig. Ich denke, morgen sind meine Lippen geschwollen wie Ballons. Hat jemand Lust auf ein Frühstück?«

»Ich könnte etwas vertragen«, sagte ich.

»Ich will erst abwarten, ob ich noch mal auf die Bühne kann«, sagte Andy.

»Kommen Sie, Cordell«, sagte Ryan. »Ich weiß einen Laden hier um die Ecke, der die ganze Nacht geöffnet hat. Ich lade Sie ein. Mensch, geht es mir gut!«

Vorsichtig nahm ich Claras Hand von meinem Kopf und deponierte sie auf ihrem Schoß.

»Fragen Sie sie doch, ob sie mitkommt«, sagte Ryan. »Sie ist ein nettes Mädchen.«

»Sie schläft«, sagte ich. »Außerdem möchte ich gern mit Ihnen allein reden.«

»Ach ja?« Er nickte. »Na los, gehen wir. Ich könnte jetzt einen halben Ochsen verdrücken.«

Wir gingen zwei Blocks die Lenox hinunter in eine Cafeteria, die vierundzwanzig Stunden durchgehend geöffnet hatte. In dem Laden saßen nur vier andere Gäste. Einer von ihnen war ein Junkie, der mit nervösem Blick an einem Tisch am Fenster hockte und auf sein Frühstück wartete. Ryan bestellte eine riesige Portion Rühreier und frittierte Zwiebelringe und Kaffee. Ich entschied mich für Kaffee und eine Apfeltasche. Wir platzierten uns an einen der freien Tische, und ich ließ ihn essen, ohne ihm gleich mit meinen Fragen auf den Pelz zu rücken. Als wir bei unserem zweiten Kaffee waren, lehnte sich Ryan zurück.

»Die Musik ist mein Ein und Alles, Cordell«, sagte er. »Alles andere ist mir egal, solange ich meine Musik habe. Ganz im Ernst. Frauen, Essen, Whiskey, alles. Solange ich meine Trompete habe und einen Pianospieler wie Jocko, der den Ton angibt. Haben Sie jemals in einer Band gespielt?«

»Nein.«

»Dann können Sie das wohl kaum verstehen. Das sind die einzigen Momente, in denen ich mich wirklich frei fühle, die einzigen Momente, in denen ich ... dieses Gefühl habe, dass alle an der gleichen Sache stricken. O Mann, das ist einfach unschlagbar. Es sind die Leute. Die Leute, die etwas tun und etwas in Gang setzen! Das ist mit nichts zu vergleichen.« Er schwieg einen Moment. »Schade, dass wir kein Mikro hatten. Diese Clara Nichols ist großartig. Sie hat eine Stimme, die wie ein Flüstern klingt, aber damit macht sie Sachen, das rollt Ihnen den Skalp auf.«

»Ist sie besser als Laraine?«, fragte ich.

»Ja. Ich denke schon. Aber Laraine ist auch gut. Sie liegt nie mit etwas daneben. Sonst hätte ich sie nicht in unsere Combo geholt. Na ja, vielleicht stimmt das nicht ganz. Vielleicht hätte ich sie auch nur deshalb genommen, weil sie davon träumt, einmal ganz oben zu sein. Das Mädchen hat es schließlich wirklich nicht einfach gehabt.«

»Wie meinen Sie das?«

»Sie und ihre Schwester – Waisen, wissen Sie? Das ist nicht leicht. Mein Vater ist vor einiger Zeit gestorben. Das ist nicht so leicht. Und bei ihr waren es beide Eltern. Und sie sind Mädchen. Es ist ziemlich hart, sich als Mädchen da draußen durchzubeißen.«

»Das kann ich mir vorstellen.«

»Vor allem wenn man solche Ambitionen hat wie Laraine. Einfach irgendwo zu arbeiten, um Geld zu verdienen, das ist nichts für sie. Sie will singen! Und sie ist gut, gar keine Frage.« Ihm schien etwas einzufallen. »Mann, als ich gestern zu ihr ging, um ihr von dem Vorspielen zu erzählen, da dachte ich, sie flippt gleich aus. Sie war gerade von der Arbeit gekommen, und sie saß mit müden Augen an ihrem Küchentisch und trank Kaffee. Als ich ihr von Tammy Terrin erzählte, sprang sie in ihr Schlafzimmer und hatte sich schneller umgezogen, als ich gucken konnte. Zwischendurch streckte sie laufend den Kopf aus der Tür und fragte hundert Sachen. Mensch, war sie aufgeregt! Na ja, Sie haben uns ja dann auf der Straße gesehen.«

»Ja«, sagte ich. »Schade, dass daraus nichts geworden ist.«

Ryan zuckte die Schultern. »Dieser fette Mistkerl. Was versteht der schon von Musik? Glauben Sie, der würde erkennen, was für ein Talent in Jocko steckt? Ha, nicht die Bohne! Laraine war wohl ziemlich enttäuscht, was?«

»Ja.«

»Sie sollte das nicht zu ernst nehmen. Sie wird ihren Weg

schon machen. Sie hat eine gute Stimme, und sie kann die Leute mitreißen.« Er hielt inne. »Kennen Sie sie gut?«

»Ziemlich gut.«

»Was ich sagen will, ist ...« Er sprach nicht aus, was er sagen wollte. »Wen schert das schon. Ich wollte fragen, was man als Mann eben fragt, aber um ehrlich zu sein, ist mir das völlig egal.« Er zuckte die Schultern.

»Gut. Darüber hätte ich Ihnen nämlich ohnehin nichts erzählt.«

Ryan grinste. »Worüber wollten Sie denn mit mir reden, Cordell?«

»Über Ihren Job in der Schneiderei«, sagte ich.

Das Lächeln verschwand aus seinem Gesicht. »Ach ja? Weshalb?«

»Sie haben gesagt, dass Sie seit drei Monaten dort arbeiten.«

»Das ist richtig«, sagte Ryan.

»Und das stimmt nicht«, sagte ich.

Er nippte an seinem Kaffee. »Wer sagt das?«

»Johnny Bridges sagt das. Sie sind schon sechs Monate bei ihm, Ryan.«

»Drei Monate, sechs Monate. Was zum Teufel spielt denn das für eine Rolle?«

»Das spielt schon eine Rolle«, sagte ich zu ihm. »Jemand hat vor sechs Monaten angefangen, Geld aus seiner Kasse zu klauen.«

»Ach ja?«

»Was sagen Sie dazu?«

»Was soll ich dazu sagen?«

»Ich sage, dass Sie es waren. Sie haben sich wahrscheinlich ein Duplikat von Johnnys Schlüssel besorgt, und damit hatten Sie Zugang zur Kasse. Habe ich recht?«

»Sie sind verrückt.«

»Soll ich Ihnen sagen, warum Sie ihn bestohlen haben?«

»Na los, sagen Sie es mir.«

»Sie brauchten Geld für Ihre Musik, für Notenständer und dies und das. Sie brauchten dringend Geld. Also haben Sie es gestohlen.«

»Warum sollte ich Geld von zwei Leuten stehlen, die ich mag?«

»Wahrscheinlich wollten Sie es irgendwann zurückzahlen. Wenn Sie mit Ihrer Band Erfolg haben.«

Ryan blieb eine ganze Weile still. »Okay«, sagte er dann und nickte.

»Also waren Sie es?«

»Ich war es. Johnny hatte seine Schlüssel eines Tages liegen gelassen. Ich habe einen Abdruck von dem Kassenschlüssel gemacht und ihn dann nachmachen lassen. Und was nun? Die Cops?«

»Seien Sie nicht albern«, sagte ich. »Aber es gibt da noch ein paar offene Fragen.«

»Schießen Sie los.«

»Haben Sie Dom Archese umgebracht?«

Das traf Dave Ryan wie ein Schlag auf die Lippen. Er zuckte zurück und riss die Augen so weit auf, als wäre ihm dieser Gedanke noch nie gekommen, als würde er meinen, das sei völlig abwegig, und wie ich darauf käme, so etwas überhaupt nur zu denken.

»Ich?«, sagte er.

»Ja.«

»Nein, verdammt! Ich? Warum sollte ich ...?«

»Haben Sie gewusst, dass Johnny mich wegen der Diebstähle um Hilfe gebeten und ich Sie in Verdacht hatte?«

»Ich konnte mir denken, dass Sie eine Ahnung hatten.«

»Haben Sie gestern zwei Männer engagiert, um mich zusammenzuschlagen?«

»Nein. Ist das der Grund, warum Ihr Gesicht wie ein zermalmter Fleischbrocken aussieht?«

»Ja.«

»Ich wollte Sie schon fragen. Aber dann dachte ich mir, dass Sie es wohl erzählen würden, wenn Ihnen danach ist.«

»Vielleicht gab es ja auch einen anderen Grund, warum Sie nicht danach gefragt haben.«

»Und der wäre?«

»Dass Sie es längst wussten.«

»Da sind Sie aber ganz schön auf dem Holzweg, Cordell. Der einzige Grund, warum ich in die Kasse gegriffen habe, ist die Musik. Verstehen Sie, Mann? Ich liebe die Musik. Meinen Sie etwa, wenn ich Geld auf der Seite hätte, würde ich es dafür verplempern, Ihnen eins auswischen zu lassen? Mann, dann würde ich mir davon eine neue Trompete kaufen!«

»Vielleicht waren es Freunde von Ihnen, die Ihnen einen kleinen Gefallen tun wollten?«

»Ich habe keine Freunde, die nicht auch Musiker sind. Und Musiker laufen nicht herum und schlagen andere Leute zusammen. Und wissen Sie auch, warum nicht?«

»Erzählen Sie es mir.«

»Weil sich Bläser keine geschwollenen Lippen leisten können. Und jeder andere Musiker, der nicht gerade ein Blasinstrument spielt, kann sich keine gebrochenen Finger leisten. Musiker sind nicht gerade für Schlägereien berüchtigt. Wer sich mit anderen Leuten anlegt, riskiert nun mal, selbst etwas abzubekommen. Und niemand, der auf seine Lippen oder auf seine Finger angewiesen ist, kann sich das leisten.«

»Klingt plausibel.«

»Das ist die Wahrheit«, sagte Ryan. »Ich habe nichts zu tun mit dem Mord an Dom – oder mit dem Mord an seiner Frau. Und ich habe auch nichts damit zu tun, dass Sie Prügel bezogen haben.« Er verstummte für einen Moment. »Was mache ich jetzt wegen des Geldes, das ich aus der Kasse genommen habe?«

»Sie sagen es Johnny, und Sie zahlen es ihm zurück, einschließlich Zinsen. Das werden Sie tun.«

Dave Ryan nickte. »In Ordnung. Verdammt, ich bin wirklich kein übler Kerl, wissen Sie? Ich bin Musiker.«

Er sagte das, als wäre das Wort eine Auszeichnung.

Ich glaubte ihm.

11

Draußen vor der Cafeteria hatte inzwischen der Tag begonnen, und ich nahm mir ein Taxi zum Polizeirevier. Es war acht Uhr, und ich hoffte, Miskler entweder gerade zu Beginn oder aber am Ende seiner Schicht zu erwischen. Ein Schild wies mich an, mich beim Wachhabenden zu melden und mein Anliegen vorzutragen. Das tat ich.

»Ich bin Matt Cordell«, erzählte ich dem Sergeant. »Ich möchte zu Detective Miskler.«

Er musterte mich, und dann griff er zum Telefonhörer.

»Frank?«, sagte er. »Cordell ist hier.« Schweigen. »Natürlich, sofort.« Er legte den Hörer auf. »Oben, Cordell. Sie kennen ja den Weg.«

Ich ging nach oben. Miskler erwartete mich bereits. Er kaute an einer Zigarre herum und hatte einen ziemlich finsteren Blick aufgelegt.

»Wie geht es einem denn so als wandelnde Mumie?«, fragte er.

»Gut.«

»Warum sind Sie aus dem Krankenhaus verschwunden, Sie Mistkerl?«

»Ich brauchte frische Luft.«

»Als würden Sie nicht schon tief genug in Schwierigkeiten stecken«, sagte er. »Wollen Sie unbedingt noch weiteren Ärger an Land ziehen?«

»Ich bin auf der Suche nach einem Mörder. Man hat mich nicht umsonst zusammengeschlagen, Miskler. Irgendjemand muss ziemliche Angst bekommen haben.«

»Hören Sie auf mit Ihren voreiligen Schlüssen, Cordell. Ich wüsste hundert Gründe, warum sogar ich etwas auf den Tisch legen könnte, damit Ihnen einer eins überbrät.«

»Vielleicht waren Sie es ja, Frank«, sagte ich.

»Nennen Sie mich nicht Frank«, sagte er. »Wo zum Teufel waren Sie die ganze Nacht?«

»Bei einer Jamsession.«

»Wir dachten, Sie wären bei dieser Marsh untergekrochen. Wir haben sie heute früh um eins aus dem Bett geholt.«

»Warum denn erst so spät?«

»Ich wollte sie im Pyjama sehen«, sagte Miskler genervt.

»Sie wissen, was ich meine. Ich habe das Krankenhaus schon gegen sieben verlassen.«

»Klar. Aber würde ein ausgefuchster Kerl wie Sie dann direkt zu seiner Kleinen gehen? Wir wollten Ihnen etwas Zeit lassen.«

»Ihre Fürsorge ist wirklich rührend, Frank«, sagte ich.

»Sie sollen mich nicht Frank nennen«, blaffte er mich an.

»Was haben Sie an Laraines Kleidern gefunden?«, fragte ich. »Pulverspuren?«

»Nichts dergleichen.«

»Also war sie es nicht?«

»Im Moment jedenfalls haben wir nichts gegen sie in der Hand. Sie hat das Kaufhaus zu der Zeit verlassen, wie sie gesagt hat, und sie war wieder zurück, wie sie es gesagt hat. Aber es bleibt immer noch diese eine Stunde.«

»Sie war es nicht«, sagte ich. »Sie ist beinahe tot umgefallen, als ich ihr das mit ihrer Schwester gesagt habe.«

»Nächstes Mal überlassen Sie es uns, solche Nachrichten zu überbringen, ja?«

»In Ordnung, Frank. Nichts dagegen«, sagte ich und grinste.

Er grinste nicht zurück, aber er insistierte auch nicht mehr, dass ich ihn nicht Frank nennen solle. »Wir bearbeiten gerade den Kerl, der Sie so zugerichtet hat«, sagte er. »Wollen Sie sich das ansehen?«

Wir gingen den Flur hinunter. »Wir haben diesen Archese mal genauer unter die Lupe genommen. Er hatte nicht viel auf der Kante, aber für Christine hätte es wohl ein, zwei Jahre gereicht, wenn sie noch leben würde.«

»Meinen Sie die Versicherung?«

»Woher wissen Sie das denn schon wieder, verdammt noch mal?«

»Bridges hat es erwähnt.«

»Eine Lebensversicherung über zehn Riesen. Und dann ist da natürlich noch der Schneiderladen. Die Versicherung ist ...«

»Zugunsten von Christine abgeschlossen worden?«

»Ja. Er hat außerdem ein Testament hinterlassen, in dem er ihr alles vermacht, was er besaß.«

»Und sie?«

»Kein Testament. Frauen hinterlassen nur selten ein Testament, wussten Sie das nicht? Ich denke, die haben begriffen, wie die amerikanische Gesellschaft funktioniert. Der Kerl rackert sich ab, um das Geld heranzuschaffen. Die Frauen rackern sich ab, um schön zu bleiben. Der Kerl fällt tot um, und die Frau bleibt mit dem Kies, den er ihr vermacht, weiterhin schön. Wozu sollte eine Frau ein Testament machen? Es gibt nicht einen Mann, der seine Frau überlebt hat.«

»Ihr Cops seid wirklich wahre Zyniker«, sagte ich und schüttelte den Kopf.

»Da wären wir«, sagte Miskler. »Hier rein. Aber erschrecken Sie nicht, wenn es ein wenig rau zur Sache geht. Wir nehmen hier nun mal nicht gerade einen braven Bürger mit reiner Weste in die Mangel.«

»Das habe ich mir fast gedacht.«

»Belassen Sie es dabei, sich Ihren Teil zu denken, und halten Sie den Mund, sonst sind Sie als Nächster an der Reihe.«

»Na, wo es doch gerade so gut läuft zwischen uns.«

Für Bleirohr lief es nicht besonders gut. Die Cops mit den aufgekrempelten Ärmeln schienen ihn die ganze Nacht hindurch hart rangenommen zu haben. Auf den ersten Blick war ihm nichts anzusehen, aber sie hatten ihm ganz schön zugesetzt und waren noch längst nicht fertig damit.

»Wer war der Kerl, der bei Ihnen war, Paulson?«, fragte einer der Cops.

»Ich habe keine Ahnung«, sagte Paulson.

»Warum decken Sie einen solchen Mistkerl?«, fragte ein anderer.

»Ich decke niemanden, und ich – urgghhhh!« Das Grunzen ertönte, als ihm einer der Cops seine Faust in den Magen rammte.

»Reden Sie endlich, Paulson. Oder glauben Sie etwa, der andere Kerl würde *Sie* decken?«

»Welcher andere – urgghhh!« Noch ein Schlag in den Magen. Paulsons Gesicht wurde weiß. Ich musste an das Bleirohr denken, das er geschwungen hatte, und ich fragte mich, wie viele Leute vor mir damit wohl schon Bekanntschaft gemacht hatten. Ich begann mir zu wünschen, dass er niemals reden würde. Ich begann mir zu wünschen, dass sie ihm das Hirn aus dem Schädel prügelten. Aber sie blieben bei ihren Fragen und ihren Fäusten. Einer der Cops verpasste ihm einen Schlag in den Nacken, und ich dachte schon, das würde ihn umwerfen. Er kippte fast von seinem

Stuhl. Dann schüttelte er den Kopf und setzte sich wieder aufrecht hin, um das nächste Ding dafür hinter die Ohren zu kriegen, dass er nicht damit herausrücken wollte, wer der Kerl war, der mit einem Totschläger auf Leute eindrosch, die er noch nicht einmal kannte.

Die Tür ging auf. Ein uniformierter Cop kam herein. »Ein Anruf für dich, Frank«, sagte er.

Ich folgte Miskler in das Büro nebenan. Er griff den neben einem Apparat liegenden Hörer und sagte: »Detective Miskler hier.« Schweigen. »Ja, aha, aha, okay, fassen Sie nichts an, ich bin gleich da.« Er knallte den Hörer auf. »Sie wollen bestimmt mitkommen, Cordell.«

»Wohin?«

»Ihr Nachtasyl.«

»Was?«

»Laraine Marsh. Jemand hat auf sie geschossen.«

Laraine sah aus wie ein Vogel, der in eine Hochspannungsleitung geraten war. Ihr Haar war zerzaust, und sie hatte keinen Lippenstift aufgelegt, in ihren Augen blitzte Angst. Sie hatte sich den Morgenrock übergeworfen, und als sie uns hereinließ, glitt der Morgenrock über ihren Knien zur Seite und enthüllte für einen Moment den schwarzen Slip, den sie darunter trug. Dann warf sie sich in meine Arme. »Also gut, was ist passiert?«, fragte Miskler.

Laraine begann zu schluchzen. Ich hielt sie. Miskler sah sich nach einem Whiskey um, füllte einen ein und reichte ihn ihr. Laraine trank ihn. Ich brachte sie ins Wohnzimmer, und sie setzte sich auf das Sofa, die Hände auf ihrem Schoß zu Fäusten geballt, und Miskler fragte noch einmal: »Was ist passiert?«

»Irgend... irgendjemand hat versucht, mich umzubringen.«

»Wann?«

»Ich ... ich wollte mir gerade die Lippen anmalen. Im ... im Schlafzimmer. Ich wollte zur Arbeit. Jetzt müsste ich schon da sein. Jemand muss ...«

»Eins nach dem anderen, Laraine«, sagte ich. »Erzähl uns einfach, was passiert ist.«

»Ich wollte gerade Lippenstift auflegen. Ich nehme dafür einen Pinsel. Einen Lippenstiftpinsel. Ich ... ich beugte mich vor den Spiegel der Frisierkommode, als ... als ich ...« Sie begann wieder zu schluchzen. Miskler und ich sahen uns an. Sie zitterte, als sie versuchte, ihre Stimme wiederzuerlangen.

»Erzählen Sie weiter«, sagte Miskler mit ruhigem Ton.

»Ich ... ich habe gesehen, was ... was er in der Hand hatte. Eine Pistole. Ich wusste nicht, was ich machen sollte. Ich sprang auf und warf mich flach auf den Boden, und da schoss er. Er hat drei Mal geschossen. Er hat den Spiegel getroffen, der Spiegel ist kaputt, Matt, ich bin völlig fertig. Meinst du, er kommt zurück?«

»Ganz ruhig, Baby«, sagte ich. »Was ist dann passiert? Nach den Schüssen?«

»Ich habe geschrien. Ich konnte gar nicht aufhören zu schreien! Dann kam meine Nachbarin von unten herauf.«

»Und der Mann draußen auf der Feuertreppe?«

»Er ließ den Revolver fallen und rannte weg ... nach unten ... wahrscheinlich nach unten ... ich weiß es nicht, ich bin nicht ans Fenster gegangen.«

»Hat deine Nachbarin ihn gesehen?«

»Ich glaube nicht. Er war schon weg, als sie kam.«

»Wie hat er ausgesehen?«, fragte ich.

»Ein großer Kerl, ziemlich groß. Mit schwarzem Haar ... und einem dichten Bart.«

»Hat er irgendwas gesagt?«

»Nichts. Er hat einfach ... geschossen. Und als ich anfing zu schreien, rannte er weg.«

»Was hatte er an?«

»Ich weiß nicht. Eine Sportjacke, glaube ich.«

»Krawatte?«

»Nein«, sagte Laraine. »Ich glaube nicht.«

»Weißes Hemd?«

»Blau. Ein blaues Sporthemd.«

»Meinst du, du würdest ihn wiedererkennen, wenn du ihn noch einmal sehen würdest?«

»Garantiert«, sagte sie und schüttelte sich.

»Lassen Sie uns mal ins Schlafzimmer gucken«, sagte Miskler.

Sie führte uns nach nebenan. Die Frisierkommode stand an der Wand gegenüber dem Fenster mit der Feuertreppe. Es war ein kleiner Tisch mit einer Decke, die hinunter bis fast auf den Fußboden reichte. An der Wand darüber hing ein großer Spiegel. Alles, was davon jetzt noch übrig war, war der Holzrahmen, in dem noch ein paar lange dolchartige Glasscherben klemmten. In der Pappe dahinter waren drei Einschusslöcher. Der Spiegel selbst war in Tausende von Splittern zersprungen, die die Frisierkommode und den Fußboden bedeckten. Der Stuhl davor war umgeworfen, und der Inhalt einer Dose mit Gesichtspuder war über den ganzen Fußboden verstreut.

»Ich habe sie wohl mitgerissen, als ich mich auf den Boden geworfen habe«, entschuldigte sich Laraine. »Ich hole einen Besen und ...«

»Nein, nichts anfassen«, sagte Miskler. »Ist da die Feuertreppe?« Er zeigte zum Fenster.

»Ja.«

Er ging zum Fenster und sah hinaus. »Da ist die Kanone, alles klar. Eine .38er, Cordell.« Er schüttelte ein Taschentuch auf und griff damit nach der Waffe, die ein Stück entfernt auf der Feuertreppe lag. Er musste sich ganz schön herauslehnen, um sie zu erwischen. Dann kam er auf mich zu und präsentierte mir die Kanone auf seinem Taschentuch.

»Smith & Wesson«, sagte ich.

»Richtig. Und ich sage Ihnen noch etwas.«

»Was?«

»Noch bevor sich das Labor das Ding angesehen hat und noch bevor wir die Seriennummer überprüft haben, verspreche ich Ihnen, dass das die Waffe ist, die aus Johnny Bridges' Laden verschwunden ist, und dass das auch die Waffe ist, mit der Dom und Christine Archese erschossen wurden.«

»Da halte ich besser nicht dagegen«, sagte ich.

»Das würde ich Ihnen auch nicht empfehlen«, sagte Miskler. »Hatte der Mann Handschuhe an, Miss Marsh?«

»Ja. Ja, ich glaube schon. Mir kam das komisch vor, bei diesem Wetter ...«

»Daran ist gar nichts komisch«, sagte Miskler. »Komisch ist nur, dass er die Waffe da draußen zurückgelassen hat. Ihr Schreien muss ihn ganz schön aus dem Konzept gebracht haben. Vielleicht hat er sich gedacht, dass er besser keine Waffe bei sich haben sollte, falls ihn da unten jemand abfangen würde. Haben Sie den Kerl zuvor schon einmal gesehen?«

»Noch nie.«

»Keine Ahnung, wer er sein könnte?«

»Nein.«

»Na ja, wir zeigen Ihnen später ein paar Fotos. Meinen Sie, das könnte derselbe Kerl gewesen sein, der Sie in die Mangel genommen hat, Cordell?«

»In die Mangel ge...?« Laraine drehte sich zu mir um, als würde sie mich jetzt zum ersten Mal sehen. »Matt!«, sagte sie. »O mein Gott, Matt, was haben sie mit dir gemacht?« Vorsichtig berührte sie mein Auge, und dann biss sie sich auf die Lippe, und ich dachte, dass sie gleich wieder anfangen würde zu schreien.

»Er wird es überleben«, sagte Miskler trocken. »Ich werde einen Polizisten zu Ihnen beordern, Miss Marsh. Wer immer diese Schüsse abgefeuert hat, meinte es ernst. Vielleicht lässt er Sie nun in Ruhe, vielleicht aber auch nicht. Es ist besser, jemand ist hier und passt auf.«

»Aber ich muss zur Arbeit«, wandte sie ein.

»Er begleitet Sie dorthin und wird den ganzen Tag in Ihrer Nähe bleiben. Tut mir leid. So ist das nun einmal. Kann ich Ihr Telefon benutzen?«

»Natürlich.«

Er ging nach nebenan. Laraine kam zu mir und küsste mich, und ich nahm sie in die Arme und spürte, wie sie noch immer am ganzen Körper bebte. Miskler kam zurück. »Aber bitte keine Knutscherei jetzt«, sagte er. »Ein Polizist ist schon auf dem Weg hierher. Bleiben Sie bei ihr, bis er da ist, okay, Cordell? Ich werde mal mit Miss Marshs Nachbarin reden.«

Er verließ die Wohnung, und ich konnte hören, wie er im Treppenhaus an eine Tür klopfte.

»Dieser Mann am Fenster«, sagte ich. »Das war nicht zufällig derselbe, mit dem ich Dienstagabend aneinandergeraten bin, oder?«

»Nein, ich glaube nicht.«

»Du hast verdammtes Glück gehabt. Er hätte dich treffen können.«

Sie nickte. »Matt, ich bin immer noch am Zittern. Mein Gott, ist denn niemand mehr sicher? Was steckt bloß hinter alldem? Warum Dom und ... und Christine ... und jetzt ich? Was haben wir getan? Was hat irgendjemand nur gegen uns?«

Ich schüttelte den Kopf.

Laraine löste sich von mir und ging hinüber zum Schrank. »Ich will mich anziehen, bevor der Polizist hier ist«, sagte sie und nahm einen schwarzen Rock von einem Bügel. »Bleib ruhig hier, Matt.«

Ich blieb. Sie ließ den Morgenrock fallen, stieg in den

Rock und zog ihn hinauf zu ihren Hüften. Es war wunderbar, ihr zuzusehen. Dann ging sie zu der Anrichte neben dem Schrank, zog eine Schublade auf und nahm ein sorgfältig zusammengefaltetes schwarzes Sweatshirt heraus und streifte es sich über den Kopf. Sie legte sich eine Kette um den Hals und fing dann an, ihr Haar zu bürsten. Sie hatte Hausschuhe an und ging zum Schrank und zog sie aus und schlüpfte in ein Paar flacher schwarzer Schuhe.

»Ich hasse diese hässlichen Schuhe«, sagte sie. »Aber ich muss den ganzen Tag über stehen.«

»So hässlich sind sie gar nicht«, sagte ich.

Sie zog ein Gesicht und sagte »Irrkkk« oder etwas in der Art, um mir zu zeigen, was sie von ihren schwarzen Schuhen, die sie während der Arbeit trug, hielt. Dann zündete sie sich eine Zigarette an, und wir setzten uns und begannen über dieses und jenes zu reden, Belanglosigkeiten, die sie von dem ablenken sollten, was ihr gerade widerfahren war, und dann klopfte es an der Tür. Der Cop stellte sich vor, und dann machten sich Laraine und er auf den Weg zum Kaufhaus. Bevor sie gingen, nahm sie mir das Versprechen ab, dass ich da sein würde, wenn sie von der Arbeit käme. Ich trat hinaus in den Hausflur und wartete auf Miskler. »Was hat sie gesagt?«, fragte ich ihn, als er endlich auftauchte.

»Sie hat drei Schüsse gehört und dann einen Schrei. Sie meinte, das kam hier aus der Wohnung. Sie hat ein paar Sekunden abgewartet, da sie nicht in irgendwelche Schwierigkeiten geraten wollte, und dann kam sie hoch. Sie sagt, Miss Marsh habe auf dem Fußboden vor der Frisierkommode gesessen und überall hätten Scherben gelegen. Sie hätte geschrien wie am Spieß. Die Nachbarin hat ihr dann gesagt, sie solle die Polizei rufen. Irgendeine Idee, wer das gewesen sein könnte, Cordell?«

»Keine Ahnung.«

»Und Ihre Kleine?«

»Nein. Und nennen Sie sie nicht meine Kleine, Frank.«

»Und nennen Sie mich nicht Frank«, sagte er. »Es wäre nicht schlecht, wenn Sie noch mal aufs Revier kämen, um unsere Verbrecherkartei zu durchforsten. Wenn wir den zweiten Mann finden, der Sie rangenommen hat, haben wir vielleicht auch den, der das hier angerichtet hat.«

»Keine schlechte Idee«, sagte ich.

»Ich rufe die Leute vom Labor an«, sagte Miskler. »Vielleicht finden die ja irgendetwas draußen auf der Feuertreppe.« Er sah sich noch einmal um. »Verdammt, ich hasse solche Typen, die einem nichts als Rätsel aufgeben.«

Ich nickte.

»Gehen Sie aufs Revier, Cordell. Und sehen Sie zu, dass Sie da Ihren Job erledigen.«

»Ich wusste gar nicht, dass ich jetzt bei Ihnen unter Vertrag stehe.«

»Ich kann Sie auch gleich ins Gefängnis stecken, Sie Mistkerl. Danken Sie Ihrem Glücksstern, dass ich ein netter Cop bin, der zudem einmal davon geträumt hat, Rumtreiber zu werden, als er noch klein war.«

Ich musste an mich halten, um nicht loszuprusten.

»Gehen Sie aufs Revier und sehen Sie sich die verdammten Fotos an«, rief er mir nach, als ich die Treppen hinunterging.

»Okay«, sagte ich. »Mach ich.«

Ich ließ es bleiben.

12

Ich ließ es deshalb bleiben, weil ich zufällig etwas aus einem Radio aufschnappte, als ich im zweiten Stock an einer Wohnung vorbeiging.

Das Radio war ziemlich laut aufgedreht. Das ist nichts Besonderes in einem Mietshaus. Es lief gerade ein Programm mit einem Discjockey, und die Platte, die der Discjockey gerade auf den Teller geworfen hatte, war »Lover«.

Es war, als würde mich ein weiterer Schlag mit dem Bleirohr erwischen. Es traf mich voll in den Magen und wühlte darin das Unterste zuoberst. Es war nur eine Abfolge von Noten, eine Trompete mit einem gedämpften Saxofon im Hintergrund, nichts, was wirklich eine physische Kraft besaß, aber es war »Lover«, und es war, als würde ich in die Knie gehen. Ich griff nach dem Geländer, und plötzlich stand Toni McAllister vor mir im Treppenhaus.

Da war dieser Laden. Er hieß *Mike's*, aber er hätte auch sonstwie heißen können, weil es Tausende solcher Läden gibt, die sich in nichts unterscheiden, und jedes Liebespaar der zivilisierten Welt hat einen solchen Laden, und dies war unser Laden, bevor wir heirateten und auch noch eine Weile danach. Es war ein netter Laden, *Mike's*. Wir kannten keine Menschenseele dort mit Ausnahme des Barkeepers und des Pianospielers, und wir haben dort mit niemandem sonst je ein Wort gewechselt. Wir brauchten niemanden sonst. Wir hatten ständig jede Menge zu reden, und deshalb suchten wir nicht das Gespräch mit anderen. Das Publikum im *Mike's* war eine illustre Mischung. Fernsehproduzenten und Drehbuchschreiber und hin und wieder auch ein Broadway-Star saßen neben Leuten, die in Klamottenläden arbeiteten, oder dem alten Mann, der nebenan wohnte und Briefe austrug. Es war eine Bar an der Ecke und ein Hafen, in dem man vor Anker ging, und das Publikum war immer gemischt, und es ist in all der Zeit, die wir dort verbrachten, nie zu einer Schlägerei gekommen, mit Ausnahme des einen Mals, als ich mich prügelte, und danach gingen wir nicht mehr ins *Mike's*, und das Ende, das dicke Ende, folgte nicht lange darauf – es passte irgendwie, dass das *Mike's* später wie alles andere auch den Bach runterging.

Der Laden war in der 31. Straße, Ecke Lexington Avenue. Als wir geheiratet hatten, lebten wir in der 36. East, und wir betrachteten es als eine Art Geschenk, dass die Bar ganz in der Nähe war. Wir waren zwei Monate verheiratet, als es zu der Prügelei kam.

Es war an einem Montag, daran kann ich mich noch genau erinnern.

Es regnete. Es regnet immer an Montagen, egal wo man ist. Der Montag ist der ekelhafteste Tag der Woche, man sollte ihn ganz einfach aus dem Kalender streichen. Wir saßen in der Wohnung, auch daran erinnere ich mich. Ich hatte gerade Parker angeheuert, er bearbeitete einen Fall, und ich sah mir die Berichte der anderen Jungs an, die für mich arbeiteten. Toni hing in einem schwarzen Samtding herum, das ihre Brüste unter zwei locker sitzenden und tief ausgeschnittenen Dreiecken notdürftig verbarg, eine Kreation, die sich jemand für zu Hause hatte einfallen lassen, und dies war unser Zuhause, also zum Teufel auch.

»Hast du noch lange zu tun?«, fragte sie.

»Ein paar Minuten noch«, sagte ich. »Warum?«

»So ein trüber Abend«, sagte sie. »Ich dachte, wir könnten vielleicht noch auf einen Drink ins *Mike's* gehen.«

»Gut«, sagte ich. »Zieh dich an. Wenn du fertig bist, bin ich es auch.«

»Soll ich tatsächlich?«, sagte sie. »Ich könnte mir einfach den Regenmantel überziehen.«

»Okay«, sagte ich. Ich trug eine Sportjacke und ein Sporthemd mit offenem Kragen. Ich musste mich nicht umziehen, denn was das *Mike's* so angenehm machte, war, dass es dort ganz ungezwungen zuging. Tonis Aufzug taugte nicht gerade für die Straße, aber wenn sie den Regenmantel überzog, würde es schon gehen. Ich legte die Berichte zur Seite und half Toni in den Mantel. So ein weißes Ding mit einem Gürtel. Sie knotete ihn um ihre Hüften, und das Weiß verbarg ihr knappes Oberteil. Alles, was sonst zu sehen war, waren die Spitzen der locker sitzenden schwarzen Dreiecke unter dem Kragen und die Boots aus Ponyfell, die Toni anzog. Ich warf mir ebenfalls meinen Regenmantel über, der nach allem anderen aussah, nur nicht wie die Mäntel, die Privatdetektive in Filmen immer tragen. Die meisten Schnüffler kleiden sich wie jeder sonst. Würde man einen Privatdetektiv an seinem Mantel erkennen, dann hätte er schon vergeigt.

Wir gingen nach unten.

Es regnete nicht besonders stark. In den Straßen hing trüber Niesel, hüllte die Lichter ein und dämpfte die Geräusche der Stadt, ließ sie aussehen wie ein impressionistisches Gemälde. Wir entschieden uns dafür, zum *Mike's* zu laufen. Toni nahm meinen Arm, und wir redeten über den Regen und welche Drinks dazu am besten passen würden, und wir landeten bei einem Rumgrog. Ich wettete mit Toni, dass der Barkeeper bestimmt gar nicht wüsste, was das war, und sie hielt dagegen. Unsere Einsätze gehen niemanden etwas an.

Es war ziemlich voll, als wir im *Mike's* ankamen, aber wir fanden einen Tisch in der Nähe des Pianos. Der Barkeeper – ein Typ namens Freddie – winkte uns zu, und wir winkten zurück. Emmett, der Pianospieler, sah auf und nickte, und Toni und ich nickten beide zurück, und dann kam der Kellner an unseren Tisch.

»Zwei Rumgrog«, sagte ich.

»In Ordnung«, sagte der Kellner und trottete von dannen.

»Siehst du«, sagte Toni. »Ich habe gewonnen.«

»Warte erst mal ab«, sagte ich zu ihr.

Wir warteten. Fünf Minuten vergingen. Dann kam der Kellner zurück an unseren Tisch. »Der Barkeeper sagt, er kann leider keinen Grog machen. Er meint, wenn es heute Rum sein soll, dann würde er einen Planter's Punch empfehlen oder einen Cuba Libre oder einen Zombie.«

»Ich nehme einen Whiskey mit Soda«, sagte ich.

»Einen Whiskey Sour«, sagte sie.

»Wer hat also gewonnen?«, fragte ich, nachdem der Kellner verschwunden war. »Er hat gewusst, was wir haben wollten, aber er kann ihn uns nicht machen.«

»Keiner hat gewonnen.«

»Und die Einsätze?«

Sie winkte ab. »Das klären wir schon.« Dabei wirkte sie, als könne sie es gar nicht abwarten, das zu klären. Ich konnte es selbst kaum erwarten.

»Zum Teufel mit den Drinks!«, sagte ich. »Lass uns nach Hause gehen.«

»Nein. Es ist ganz schön heiß hier drinnen, was?«

»Es geht.«

»Du sitzt hier ja auch nicht im Regenmantel.« Sie öffnete den oberen Knopf ihres Mantels. »Sieht man etwas?«, fragte sie.

»Nein.«

»Meinst du, ich kann noch einen Knopf aufmachen?«

»Na los. Tu dir keinen Zwang an.«

Sie öffnete den nächsten Knopf. »Okay?«

»Klar.«

»Ich hätte ja nichts dagegen, aber ich trage keinen BH«, sagte sie.

»Mmm, ja, ich weiß.«

»Hör auf, du Lustmolch.«

Die Dinks kamen. Emmett beendete sein Stück und kam mit einem Glas Scotch rüber an unseren Tisch. »Heute haben wir hier eine Versammlung«, sagte er. »Ein paar verrückte Krawallbrüder aus Los Angeles.«

»Wo?«, fragte Toni.

»Da drüben.« Emmett zeigte zur Seite. »Die komischen Typen mit den Hüten und den Buttons von irgendeiner Veranstaltung an der Brust. Wahnsinnig komisch. Sie sind schon eine ganze Weile hier und erzählen Toilettenwitze. Kalifornien eben.«

»Die sehen gar nicht so sehr aus nach Krawall«, warf ich ein.

»Sie machen wohl gerade Pause«, sagte Emmett angesäuert. »Einer von denen hat vorhin eine ›Bierfass-Polka‹ von mir verlangt. ›He, hör doch endlich mal auf, diese *coolen* Stücke zu spielen‹, hat er gesagt.« Emmett zog ein verächtliches Gesicht. »Dem würde ich gern was erzählen, und du weißt schon, was.«

Toni lachte amüsiert. Sie beherrschte ein Lachen, das ziemlich dreckig klingen konnte, und sie beherrschte ein Lachen, wie es bei Fünfuhrtees im Kreis älterer Damen angebracht ist. Diesmal war es das dreckige Lachen. Ich liebte das.

»Macht mal einen Vorschlag«, sagte Emmett. »Damit ich diesen Bierfassgeschmack aus dem Mund kriege.«

Toni sah mich an. Sie sah mich nicht einfach nur an, ihr Blick war eine Einladung, ein Versprechen, eine Forderung. »Spiel ›Lover‹«, sagte sie dann zu Emmett und sah mich dabei noch immer an.

»Okay«, sagte Emmett und stand auf. Toni und ich nippten an unseren Drinks. Ich nahm ihre Hand und küsste sie, und Emmett klimperte eine Intro vor sich hin und ging dann wie eine Art Vergeltung über in »Lover«. Vom ersten Moment an war klar, dass er nicht vorhatte, die nächsten vier Stunden etwas anderes zu spielen. Er würde die Melodie in jedem Stil spielen und in jedem Tempo, das man sich nur erträumen konnte. Er würde Variationen hervorzaubern und dann Variationen der Variationen. Er würde »Lover« spielen, bis es den Krawallbrüdern aus Los Angeles zu den Ohren herauskam.

Was mich betraf, konnte er es die ganze Nacht spielen.

Wir hörten zu, und wir sahen einander an.

»Ich liebe dich«, sagte ich.

»Halt den Mund und hör zu«, antwortete Toni.

»Okay, aber ich liebe dich.«

»Ich liebe dich auch, aber jetzt halt den Mund«, sagte Toni, ohne dabei Luft zu holen.

Ein Kerl, der wie ein Lastwagenfahrer aussah, suchte sich hinter unserem Tisch seinen Weg zum Herrenklo. Er trug ein blaues Hemd, um dessen offenen Kragen locker eine Krawatte baumelte. Auf seinen großen Händen wucherte schwarzes Haar. Er rempelte mich an, dass ich beinahe meinen Drink fallen ließ, drehte sich um und sagte »Entschuldigung«, und dann sah er Toni. Sein Blick blieb etwas länger an ihr hängen, als es meiner Meinung nach nötig war. Er gestattete sich ein leises Pfeifen, und dann machte er sich auf den Weg dorthin, wo er etwas erledigen wollte.

»Schwachkopf«, sagte ich.

»Er hat getrunken«, sagte Toni.

Emmett wurde jetzt richtig warm am Piano. »Lover« begann Formen anzunehmen, die ich mir nicht im Entferntesten hatte vorstellen können. Wir lauschten und gingen mit. Toni zerquetschte mir jedes Mal fast die Hand, wenn Emmett einen besonders ausgeklügelten Riff zum Besten gab. Ich fühlte mich großartig. Und dann kam der Lastwagenfahrer aus der Toilette, und ich sah den Button dieser Los-Angeles-Brüder an seinem Hemd, und ich sah, wie er seinen Blick auf Toni heftete, als er die Tür hinter sich zumachte, und ich wusste, dass es gleich Ärger geben würde. Ich wusste es in dem Moment, als er aus dem Klo trat.

Er kam zu unserem Tisch und stemmte seine Fäuste in die Hüften.

»Seid ihr gerade frisch verheiratet oder so?«, fragte er.

»Ja«, sagte ich. »Wir sind gerade frisch verheiratet.«

»Haltet ihr deshalb Händchen?«

»Ja«, sagte ich. »Deshalb halten wir Händchen.«

Toni hatte kurz aufgesehen zu dem Mann und dann ihren Blick von ihm abgewandt. Jetzt sah sie zu, wie Emmetts Finger über die Tasten flogen. Der Kerl redete weiter auf mich ein, sah dabei aber Toni an.

»Gerade frisch verheiratet«, sagte er. »Wie kommt es dann, dass ihr hier in dieser lausigen Bar Händchen haltet und nicht zu Hause seid?«

»Das reicht jetzt, Mister«, sagte ich.

»Ich habe immer gedacht, Frischverheiratete wären eine ganz heiße Nummer«, sagte er und sah dabei noch immer Toni an. Toni warf ihm einen Blick zu, der seine Füße hätte in Frostbeulen verwandeln müssen, und dann sah sie wieder zu Emmett an seinem Piano hinüber. Dem Lastwagenfahrer aus Los Angeles hatte Tonis Blick nicht gefallen. Er hatte wahrscheinlich noch keine Frau kennengelernt, die mit einem Blick Schläge austeilen konnte, und Tonis Blick war nicht nur ein Schlag gewesen, sondern ein glatter Durchschuss.

»Oder war es vielleicht keine Heirat aus Liebe?«, sagte er und sah Toni voller Verachtung an, ohne auf ihrem Eispanzer auch nur einen Kratzer zu hinterlassen.

»Mister«, sagte ich zu ihm. »Sie stehen mir im Weg. Gehen Sie an Ihren Tisch zurück zu Ihren Freunden.«

»Halt's Maul«, sagte er, ohne seinen Blick von Toni abzuwenden. »Wozu der Regenmantel?«, machte er dann weiter. »Ist der Kleinen etwa kalt? Hat die Kleine vielleicht kalte Titten?« Er streckte seine Hand im selben Moment nach ihr aus, in dem ich meinen Stuhl nach hinten rückte. Er griff nach ihrem Regenmantel, riss die Knöpfe auf und entblößte Tonis Brüste und betatschte das nackte V zwischen den samtenen schwarzen Dreiecken. Hass flammte in ihren Augen auf. Mit einer kurzen Bewegung schlug sie ihren Regenmantel wieder zu, und genau in diesem Augenblick traf ihn meine Faust.

Sie traf ihn mitten auf seinen Mund. Wahrscheinlich hatte ich noch keinem Mann einen härteren Schlag verpasst. Nicht auf den linken oder rechten Wangenknochen, sondern mitten auf seinen Mund. Ich spürte, wie seine Zähne nachgaben, und sofort wurde Emmett lauter und versuchte, die Auseinandersetzung mit seinem »Lover« zu übertönen.

Die Turbinenschaufel aus Los Angeles schlug gegen das Piano hinter ihm, und dann warf sich der Kerl auf mich. Ich katapultierte meine Linke in seinen Magen, und dann befreite er seine Rechte, holte mächtig aus und traf mich so hart seitlich am Kopf, dass um ein Haar Feierabend für mich gewesen wäre. Nicht etwa, dass der Kerl ein Catcher war, verstehen Sie mich da nicht falsch. Aber er wog seine zweihundert Pfund, und als seine aus der Ferne kommende Faust mit meinem Kopf kollidierte, fühlte sich das so an, als wäre ich mit dem Lexington Avenue Express zusammengestoßen. Ich schüttelte noch ganz benommen meinen Schädel, als der nächste Dampfhammer auf mich zuflog, diesmal seine Linke, und mich nach hinten warf.

Ich strauchelte.

Von seinem Dampfhammerschlag nach hinten geworfen, strauchelte ich über einen Stuhl und ging zu Boden. Ich schüttelte mich, und dann sah ich, wie seine Füße auf mich zuflogen. Der Lastwagenfahrer lief wie ein Footballspieler, der es darauf anlegt, einen Extrapunkt zu holen. Er bremste scharf ab, als er über mir war, und holte mit seinem rechten Fuß weit nach hinten aus, und ich wusste, dass es aus sein würde mit mir, wenn es ihm gelang, seine Ladung ins Ziel zu bringen. Ich versuchte, auf die Beine zu kommen, aber sein Fuß war schon in Position, und ich war auf alles vorbereitet.

»Du Mistkerl!«, sagte eine Frau, und ich wusste sofort, dass diese Frau Toni war. Sie war vom Tisch aufgesprungen, sie hatte ihren Regenmantel jetzt vergessen, hatte vergessen, dass sie darunter nur dieses schwarze winzige Samtding trug. Sie griff nach den Riemen ihrer schweren Handtasche, und ihr Regenmantel schwang auf bei dieser Bewegung, und dann stürzte sie auf den Mann zu, eine so gut wie barbusige Furie. Seine Augen weiteten sich, als sie ihm ihre Tasche an den Kopf knallte. Er riss die Arme hoch, um den nächsten Schlag abzuwehren, und mehr Zeit brauchte ich gar nicht. Toni hatte ihn aus dem Konzept gebracht, und ich konnte nun den Rest erledigen.

Ich war in dem Moment auf den Beinen, als er sich wieder in meine Richtung drehte. Ich stürzte auf ihn zu, und er holte aus, und ich duckte mich unter dem nächsten Dampfhammerschlag weg und arbeitete mich näher an ihn heran und eröffnete ein Trommelfeuer auf seinen weichen Bauch. Und dann verpasste ich ihm einen linken Aufwärtshaken, und als er ins Taumeln geriet, brachte ich meine Rechte mitten in seinem Gesicht zur Explosion, und der Mann aus Los Angeles polterte zu Boden und rührte sich nicht mehr.

Auf Tonis Gesicht lag ein Ausdruck animalischen Zorns. Sie hatte den Mund aufgerissen und ließ ihre Zähne blitzen, und in ihren Augen funkelte wütende Erregung. Die Atemstöße aus ihrem Mund waren kurz und scharf, und ihre Brüste bewegten sich dazu auf und ab. Ich sah sie an, und dann lächelte sie und knöpfte ihren Regenmantel zu – hielt ihn mit der einen Hand und knöpfte ihn mit der anderen zu. »Du hättest ihn umbringen sollen«, sagte sie.

»Lass uns hier verschwinden«, sagte ich.

Emmett spielte noch immer »Lover«, als wir gingen.

Ich trat aus dem Treppenhaus.

Draußen auf der Straße war es hell, aber nicht hell genug, um die Erinnerungen an diese Nacht abzutöten, daran, wie Toni wie ein angestachelter Tiger aufgesprungen war, ihre Tasche geschwungen und mir die Zeit verschafft hatte, die ich brauchte. Nicht hell genug, um die anderen Erinnerungen abzutöten, keine zwei Monate später, die Erinnerung daran, wie sie in Parkers Armen lag, mein Gott, wie hatte das nur geschehen können, was hatte zwei Menschen, die sich so irrsinnig geliebt hatten, auseinandergetrieben?

Ich fand einen Liquor Store.

Ich kaufte eine Flasche und fand einen Hauseingang und fing an zu trinken. Aber anstatt die Erinnerungen auszulöschen, die Erinnerung an Tonis Gesicht und die Erinnerung an Tonis Körper, wurde sie durch den Whiskey nur noch deutlicher und klarer als jemals zuvor, lebensgroß, ihr Lächeln und ihr Lachen und ihre Augen und ihr Haar und ihre Zärtlichkeit und ihr Ärger und ihre wilde Leidenschaft. All das kam jetzt zurück – die Nacht, in der ich sie mit Parker überraschte, wie ich ihm meinen Revolver über den Schädel zog, der Absturz und wie sie über mich herfielen, das Gespött der versammelten Mistkerle dieser gottverdammten Stadt, die Scheidung in Mexiko und der dumpfe stechende Schmerz, der wie ein stumpfes Messer in meinem Gedärm wütete, der niemals aufhören würde, egal was für Frauen mir noch über den Weg liefen, egal, niemals, niemals.

Ich trank mich in die Besinnungslosigkeit.

Ich ließ die Wut kommen. Ich gestattete ihr, sich als kleiner schwarzer Fleck in meinen Gedanken festzusetzen, und dann sah ich zu, wie der sich ausbreitete, wie er blubberte und spritzte und neue schwarze Flecken bildete, größere, die ineinanderflossen, bis die Verzweiflung jeden Winkel meiner Seele mit Dunkelheit erfüllte, zu etwas wurde, das ich in jedem Finger meiner Hände spüren konnte. Ich wünschte, ich hätte diesen Lastwagenfahrer vor mir, aber der pinkelte jetzt wohl in Los Angeles. Ich wünschte, ich hätte Parker vor mir, aber der war jetzt wer weiß wo. Aber Dennis Knowles war hier in der Stadt, hier in dem guten alten New York City, und so fand die Wut ein Ziel, ein Objekt, das in Reichweite lag.

Wie ein trunkener Trottel stand ich auf und schlug den Weg zu seinem Büro ein, und ich fühlte mich großartig, bis zu dem Moment, als ich seine Tür aufriss.

13

Ich stieß die Sekretärin mit dem braunen Schopf zur Seite und brüllte mit schriller Stimme nach Dennis. Dann platzte ich in sein Büro, und Dennis sah auf, sichtbar überrascht, und ich sah den anderen Kerl bei ihm, und mit einem Schlag fühlte ich mich wie im finstersten Rausch, völlig matt und völlig erschlagen.

Der Kerl bei Dennis Knowles war der Kerl, der mich in Fran Wests Hausflur mit dem Totschläger bearbeitet hatte.

»Na, so was«, sagte ich, und meine rechte Hand in dem Gips fühlte sich plötzlich taub und nutzlos an, und ich dachte für eine Sekunde daran, mich umzudrehen und abzuhauen, doch irgendetwas ließ mich reglos auf der Stelle stehen, als wären meine Füße am Fußboden des Büros festgeschraubt.

»Wohl immer noch nicht genug, was, Cordell?«, sagte Dennis.

Fassungslos schüttelte ich den Kopf, etwa so, wie es ein Großvater macht, dessen Lieblingsenkel gerade seine goldene Uhr mit einem Hammer zerlegt hat. »Dennis«, sagte ich dann mit belegter Stimme. »Wer hätte gedacht, dass du so tief sinken würdest?«

Der Totschläger stand neben Dennis' Schreibtisch und

grinste von einem Ohr zum anderen. Sein Grinsen war bemerkenswert. Es drückte unschuldige Ahnungslosigkeit aus und war gleichzeitig das Grinsen einer teuflischen Bestie. Er war tatsächlich so groß, wie ich ihn in Erinnerung hatte. Er trug ein Sporthemd, dessen Knöpfe oben offen standen, und er brauchte keine Jacke, damit seine Schultern so mächtig aussahen, sie waren tatsächlich so mächtig. Genau wie die Bizepse, die aus den Ärmeln des Hemdes quollen. Der Totschläger, der aus seiner hinteren Hosentasche ragte, gehörte nicht seiner Mutter. Er zog ihn hervor und ließ ihn vergnüglich auf die Handfläche seiner anderen Hand klatschen. Er hatte die Größe eines Tennisschlägers. Ich musste daran denken, wie er auf meine Hände gekracht war. Ich begann zu schwitzen. Das Schwitzen hatte nichts mit der Temperatur in Dennis Knowles' Büro zu tun.

»Ich beherrsche eben alle Tonlagen«, sagte Dennis. »Du hättest nicht herkommen und alte Erinnerungen aufwärmen sollen, Matt. Das mit meiner Nase hatte ich fast vergessen, bis du dann hier auftauchtest und anfingst, Fragen zu stellen.«

»Aber die Sache selbst in die Hand zu nehmen, dazu hattest du nicht den Mut, was?«

Dennis zuckte die Schultern. »Wozu soll ich mir die Hände schmutzig machen?«

Ich sah zu Totschläger hinüber. »Dein Kumpel Paulson wird gerade von den Cops durch die Mangel gedreht«, sagte ich. »Es wird nicht lange dauern, bis sie auch dich haben.«

»Ach ja?«, sagte er. »Dann müssen die sich aber beeilen, denn ich verschwinde noch heute Abend nach Philadelphia.« Er grinste noch immer. »Sowie ich etwas erledigt habe, das noch nicht zu Ende gebracht ist.«

»Hier in deinem Büro, Dennis?«, fragte ich. »Ist das nicht etwas zu riskant?«

»Ist es das?«, fragte Dennis.

»Kommt mir so vor ...«, fing ich an, und in diesem Moment setzte sich Totschläger in meine Richtung in Bewegung. Das machte mir keine Angst, aber auf mir klebte kalter Schweiß. Angst ist etwas, das selbst einen Mann mit zwei gesunden Händen lähmen kann, und ich hatte nur eine und konnte es mir nicht leisten, die Kontrolle auch noch über die zu verlieren. Ich wartete ab. Totschläger schien keinen großen Widerstand zu erwarten, wenn ich richtig las in seinem Gesicht. Er hatte ja einen Krüppel vor sich, und diesen Krüppel würde er jetzt in ein Stück Müll verwandeln. Er war anscheinend ein Kerl mit Berufsethos, und es wurmte ihn, dass De Ponce ihn davon abgehalten hatte, seine Arbeit zu tun.

Ich stand da und dachte an die Judogriffe, die ich beherrschte, und legte all die beiseite, für die du zwei Hände brauchst. Ich ging die Liste in Windeseile durch, während Totschläger näher kam. Ich landete bei einem, aber der schien mir keine besonders gute Wahl, denn alles, was ich damit erreichen würde, wäre, Totschläger auf den Boden zu werfen, und dann würde ich mir etwas Neues einfallen lassen müssen, wenn er da lag, und das rief mir wieder in Erinnerung, dass meine rechte Hand in Gips steckte. Es sei denn ...

Ich wich zurück an die Wand. Nicht zu nah an die Wand, aber dicht genug, um zwei Dinge zu erreichen. Zum einen wollte ich ihn glauben lassen, ich versuchte zu türmen, damit er sich auf mich stürzte. Und zweitens wollte ich dicht genug vor der Wand stehen, dass ich ihn dagegenschleudern konnte.

Der erste Teil meines Plans funktionierte. Totschläger, der dachte, ich wolle mich in Richtung Tür aus dem Staub machen, sprang auf mich zu. Ich ließ ihm Zeit, in Schwung zu kommen, und dann machte ich drei schnelle Schritte auf ihn zu und brachte damit sein Timing durcheinander, sodass wir den Bruchteil einer Sekunde früher aufeinanderprallten, als er kalkuliert hatte. Er konnte sich nicht mehr rechtzeitig abbremsen, und er erkannte das und bereitete sich innerlich darauf vor, mit seinem Schädel gegen die Wand zu knallen.

Ich ging in die Knie, duckte meinen Kopf weg und verschwand durch den Tunnel, den seine Beine bildeten. Im Nu war er über mich hinweg. Ich umgriff seine Knie von hinten, richtete mich im selben Moment wieder auf und brachte ihn zu Fall. Es knallte mächtig, als sein Schädel gegen die Wand krachte. Aber es war noch nicht vorbei. Manche Leute haben einen ziemlich harten Schädel. In seinem Flug hatte ich ihn zur Seite gewirbelt, sodass er nun mit dem Gesicht zu mir die Wand hinabglitt und in eine Art Sitzposition rutschte, und in diesem Moment stand ich schon über ihm und versetzte ihm zwei saftige Haken. Der erste Schlag landete in seinem Magen und der zweite auf seinem Kinn, und das war's. Mehr gab es nicht zu tun. Totschläger hatte eine Art Rugby-Variation zu spüren gekommen, und ich war mir nicht sicher, ob ihm das gefallen hatte.

Dennis Knowles stand hinter seinem Schreibtisch, und sein Gesicht drückte Erschrecken, Ehrfurcht, Überraschung, Verwunderung und Angst gleichzeitig aus. Er wusste, dass ich mich gerade erst warm gemacht hatte, und er wusste, was als Nächstes kam. Ich drehte mich zu ihm um und ging auf ihn zu.

»Hör zu, Matt ...«, sagte er.

»Zum Teufel, Dennis!«

»Du hast mir mein Nasenbein gebrochen!«, sagte er. »Also ist es nur ...«

»Halt den Rand, Dennis«, fuhr ich dazwischen. »Halt den Rand und dank Gott, dass mir nur eine Hand bleibt.«

»Matt ... Matt ... können wir nicht ...?«

»Ich hoffe, du hast eine gute Versicherung, Dennis«, sagte ich, und dann blieb ich wie angewurzelt stehen, denn auf einmal wurde mir alles klar. »Mein Gott«, sagte ich. »Oh, verdammt noch mal!«

Dennis blinzelte.

Ich blinzelte ebenfalls. Dann drehte ich mich um und verließ sein Büro. Als Nächstes würde ich einem Mörder gegenüberstehen, und das ist immer der härteste Teil.

Ich kam in die Wohnung, und sie warf sich mir sofort um den Hals.

»Matt, Matt«, sagte sie. »Ich bin so froh, dass du da bist.«

Sie trug noch immer den schwarzen Pulli und den schwarzen Rock wie am Morgen. Die schwarzen Schuhe hatte sie ausgezogen und auch die Strümpfe. Barfuß stand sie auf den Zehen und küsste mich, ihr langes blondes Haar fiel über meine Hand auf ihrer Schulter.

»Von der Arbeit zurück?«, fragte ich.

»Ja. Misklers Mann hat mich den ganzen Tag begleitet. Ich kam mir vor wie ...«

»Er ist immer noch da draußen«, sagte ich. »Im Treppenhaus.«

»Ich kam mir so albern vor«, sagte sie. »Aber ich war auch froh, dass er da war. Ich habe immer noch Angst, Matt. Meinst du, dieser widerliche Kerl könnte wiederkommen?«

»Er kommt nicht wieder.«

»Woher weißt du das? Er könnte doch ...«

»Er *kann* nicht wiederkommen, Laraine.«

Sie sah mich musternd an, und zum ersten Mal entdeckte ich so etwas wie Unsicherheit in ihrem Blick. »Warum nicht?«, fragte sie.

»Weil es ihn gar nicht gibt.«

»Was?«

»Es ist nie ein Mann da draußen auf der Feuertreppe gewesen. Niemand hat auf dich geschossen. Das warst du selbst, Laraine. Du hast den Stuhl umgeworfen, und dann bist du ans Fenster gegangen und hast drei Schüsse auf den Spiegel abgefeuert, den Revolver auf die Feuertreppe geworfen, dich vor der Frisierkommode auf den Boden gehockt und geschrien wie am Spieß. Es war kein Mann da draußen. Das warst du selbst.«

»Wa... warum sollte ich so etwas tun?«, sagte sie. Sie sah mich noch immer an.

»Aus zwei Gründen. Erstens, weil du das Gefühl hattest, dass Miskler dich ein wenig zu sehr in Verdacht hatte. Du dachtest, damit wärst du aus dem Schneider. Und zweitens, weil du das loswerden wolltest, das dich mit dem Tod von Dom und Christine hätte in Verbindung bringen können: die Kanone. Also wolltest du zwei Fliegen mit einer Klappe schlagen. Und beinahe wäre dir das sogar gelungen.«

»Das ist doch lächerlich«, sagte sie. »Matt, du willst doch nicht etwa sagen ...«

»Doch, genau das will ich sagen«, sagte ich.

»Komm, trink etwas. Du ... du bist nicht ganz bei Sinnen. Du bist ...«

»Ich habe alle meine Sinne beisammen.«

Ihr Blick verwandelte sich in Wut. »Du willst mich also beschuldigen, Dom und meine eigene Schwester umgebracht zu haben? Wie kannst du nur ...«

»Ich weiß, wie du es gemacht hast, Laraine, und ich weiß, warum du es getan hast.«

»Na, die Polizei scheint jedenfalls anderer Meinung zu sein. Miskler war vorhin hier. Er sagte, sie hätten keinerlei Pulverspuren entdeckt. Er sagte ...«

»Die im Labor haben ja auch gar keine Pulverspuren finden können, Laraine.«

»Nein? Und warum nicht? Bei den Methoden, die die heutzutage ha...«

»Weil du das Kostüm gar nicht anhattest, als du deine Schwester erschossen hast.«

Laraine sah mich ohne ein Wort an. Die Wut verschwand aus ihren Augen und machte etwas anderem Platz, einer Reaktion auf das, was ich ihr gerade präsentiert hatte. Ihre Augen verengten sich fast unmerklich und füllten sich mit einem verschlagenen Ausdruck.

»Was meinst du damit?«, sagte sie, aber sie sagte das ohne Ärger und ohne Angst. Sie sagte das bedacht und ruhig, als wolle sie abtasten, was ich tatsächlich wusste, bevor sie den nächsten Schritt unternahm.

»Ich meine Folgendes. Du hast Miskler gesagt, du hättest das Baumwollkostüm und die Bluse an dem Tag, an dem Christine erschossen wurde, bei der Arbeit getragen. Das war gelogen. Dave Ryan hat mir erzählt, dass du vor eurem Treffen mit diesem Tammy im Schlafzimmer warst, um dich umzuziehen. Dazu kommt, was du mir heute Morgen über deine Schuhe erzählt hast. Du hast hohe Schuhe zu dem Kostüm getragen, Laraine. Ich habe sie gesehen. Also was auch immer du an dem Tag während der Arbeit anhattest, es war nicht das Baumwollkostüm. Und du warst gerissen genug, Miskler einen Bären aufzubinden, als er danach gefragt hat.

Sie lächelte. »Ich weiß nicht, warum ich mir das alles anhöre, Matt«, sagte sie mit sanfter Stimme. »Ich bin sicher, du glaubst das noch nicht einmal selbst. Warum in aller Welt hätte ich Dom umbringen sollen?«

»Weil er eine Versicherung über zehntausend Dollar abgeschlossen hatte.«

»Und was hätte mir das nützen sollen? Schließlich wäre nicht ich …«

»Nein, aber Christine. Hör doch endlich auf mit dem Spiel, Laraine. Du und Christine, ihr seid Waisen. Sie hat kein Testament hinterlassen. Du bist ihre nächste lebende Verwandte. Das heißt, nach ihrem Tod fällt ihre Hinterlassenschaft dir zu. Und zu ihrer Hinterlassenschaft gehört Doms Versicherung über zehn Riesen.«

»Aber warum? Warum sollte ich …?«

»Du hast es selbst gesagt, Laraine. Du hast ein Ziel, und dafür braucht es Talent und Geld. Okay, du hast Talent. Und durch den Mord wolltest du an das Geld kommen. Zehntausend Dollar. Nicht schlecht. Aber ich will dir etwas sagen. Du hättest es nie geschafft, Laraine. Du hättest nie deine Fernsehshow bekommen oder deinen Hollywood-Vertrag. Und weißt du auch, warum?«

»Sag es mir«, sagte sie.

»Weil dazu noch etwas mehr gehört als Talent und Geld. Man braucht dazu auch Verstand. Und jemand, der auf derartig offensichtliche und dumme Weise mordet, der verfährt mit seiner Karriere genauso.«

»Offensichtlich und …!«

»Ganz richtig! Zum Teufel, ich kann Amateure nicht ausstehen.«

»Ich ebenfalls nicht«, sagte sie wütend. »Ich verstehe nicht …«

»Glaubst du im Ernst, die Cops wären so blöd? Mit Mord haben die laufend zu tun, jeden Tag der Woche, wusstest du das nicht? Was meinst du, wie weit ich Miskler voraus bin? Zehn Stunden? Eine halbe Stunde? Zehn *Minuten*? Er weiß von der Versicherung, und er weiß, dass du die Nutznießerin wärest. Das ist dein Motiv, und wenn er das erst mal hat, zählt er alles zusammen und hat dich im Visier. Dass du dich mit Johnny getroffen hast, zum Beispiel. Warum hast du das getan? Um herauszufinden, ob Dom eine Versicherung hatte oder nicht? Um von der Kanone im Laden zu erfahren?«

Sie sagte nichts.

»Verrückt«, sagte ich. »Vom Anfang bis zum Ende. Warum hast du Johnnys Initialen an die Wand gemalt?«

»Was soll das?«, sagte sie.

»Antworte mir!«

»Um den Verdacht auf ihn zu lenken!«, brüllte sie plötzlich. »Was denkst du denn?«

»Natürlich. Und was hast du damit erreicht? Du sorgst dafür, dass ein erstklassiger Verdächtiger hinter Gittern sitzt, als Christine ermordet wird. Sie wussten, dass er es nicht getan haben konnte, also auf wen fällt der Verdacht als Nächstes?«

»Ich muss mir das nicht von dir anhören«, sagte sie.

»Christine zu töten, Herr im Himmel! Ein Mädchen, eine Blondine wie du, die selbst in einer Gegend auffällt, wo niemand sie kennt, marschiert einfach so mir nichts, dir nichts in die Wohnung ihrer Schwester, mitten im Sommer, wo jeder draußen vor den Häusern auf den Stufen sitzt, erschießt sie und macht sich dann in aller Seelenruhe auf und davon! Mein Gott! Wie lange, meinst du ...?«

»Ich bin nicht so hirnverbrannt, wie du meinst, Matt!«, brauste sie auf. »Ich bin in das Haus am anderen Ende des Blocks gegangen und dann über die Dächer zu ihr in die Wohnung. Und den gleichen Weg zurück. Und ich habe dafür gesorgt, dass niemand die Schüsse hört. Ich habe ein Kissen genommen.«

»Natürlich bist du hirnverbrannt«, sagte ich. »Mord ist immer hirnverbrannt.«

»Na gut«, sagte sie.

»Ja, Laraine.«

»Ich will nun mal das, was ich will.«

»Natürlich. Jeder will das. Nur geht nicht jeder gleich los und bringt deshalb andere Leute um.«

»Du verstehst das nicht, Matt.«

»Nein?«

»Nein, das tust du nicht.« Sie schwieg eine Weile. »Und was jetzt?«

»Jetzt gehe ich zur Tür und hole den Cop, der da draußen im Treppenhaus steht.«

»Nein«, sagte sie. Sie machte einen Schritt auf mich zu. »Das tust du nicht, Matt. Nicht nach alldem, was zwischen uns gewesen ist. Ich weiß, dass du das nicht tust.«

»Nein?«

»Ich liebe dich, Matt«, sagte sie. »Und du weißt das.«

Ich sagte nichts.

Sie schlang ihre Arme um meinen Nacken. Ihre Augen glänzten matt. Sie öffnete die Lippen leicht, und ihre Stimme war ein trockenes Flüstern. »Ich liebe dich, Matt. Ich liebe dich. Bitte, Matt, lass uns ...«

»Noch so ein Trick, den du dir von den Stripperinnen in Union City abgeguckt hast?«, sagte ich. »Probier ihn mal bei Miskler, wenn er hier auftaucht. Er glaubt bestimmt, du singst nur für ihn allein.«

Sie stieß mich von sich. »Also gut!«, brüllte sie voller Wut. »Dann hol doch deinen gottverdammten Cop! Na los, hol ihn schon!« Sie reckte ihr Kinn nach oben, und in ihren Augen blitzte es. »Ich bin Laraine Marsh, und ich muss mich wirklich nicht mit einem lausigen betrunkenen Herumtreiber abgeben!«

»Das mit der Liebe geht bei dir ja schnell zu Ende, Laraine.«

»Liebe? Was bildest du dir bloß ein, du ...«

»Es reicht, Laraine.«

»Nein, es reicht noch lange nicht! Der einzige Grund, warum ich dich näher als drei Meter an mich herangelassen habe, ist der, dass du der Einzige warst, vor dem ich mich vorsehen musste. Ich war der Meinung, wenn ich dich ...«

»Es spielt keine Rolle, welcher Meinung du warst, die Cops hätten ...«

»Halt deinen verdammten Mund! Mein Gott, halt deinen verdammten Mund! Halt den Mund!« Aus ihren Augen sprach blanker Hass. Einen derartigen Hass hatte ich erst ein einziges Mal gesehen, in den Augen von Toni McAllister

Cordell, als ich mich mit der .45er in der Faust über Parker hermachte. »Hol schon deinen Cop! Na los, du versoffene Laus! Du würdest doch deine eigene Mutter …«

»Schon möglich«, sagte ich. »Aber ich würde nicht auf meine Schwester schießen.«

»Du verdammter Hurensohn«, zischte Laraine, und dann begann sie zu weinen.

Ich ging zur Tür und hinaus in den Hausflur. Ich rief nach dem Cop, und dann erzählte ich ihm die ganze Geschichte. Es tat weh. Glauben Sie nicht, dass es das nicht tat.

Es war Samstag.

Mir stand die einsamste Nacht der Woche bevor.

Es machte mir nicht allzu viel aus. Ich saß in dem kleinen Park vor der Cooper Union. Den Nachmittag über hatte ich mir einen Dollar und fünfundzwanzig Cent zusammengebettelt. In meiner Jackentasche steckte eine Pulle, und in meinem Magen war ein wohliges Brennen.

Miskler hatte sich gestern bei mir bedankt.

»Von heute an halten Sie Ihre Nase aus allem raus, was auch nur nach Mord riecht«, hatte er gesagt. Ich glaube, er hat gegrinst dabei. Bei seinem Gesicht war das schwer zu sagen. Er hatte es gesagt, nachdem sie Johnny Bridges hatten laufen lassen und bevor sie sich Laraine Marsh vornahmen, das Mädchen, das hoch hinauswollte, das sich vom Singen den Himmel versprochen hatte und das als zweifache Mörderin in der Hölle endete. Na ja, vielleicht wollte sich ja auch der Satan ab und an etwas vorträllern lassen. Wenn sie Glück hatte, schaffte sie es vielleicht sogar in den Gefängnischor.

Kein Luftzug regte sich. Es war heiß in dem kleinen Park.

Ich trank einen Schluck.

Der Verkehrslärm der Stadt drang nur gedämpft zu mir herüber und schien aus weiter Ferne zu kommen. Das ist das Nette an dem Park vor der Cooper. Es ist ein abgeschiedener Ort inmitten dieser pulsierenden Metropole.

Ich nahm noch einen Schluck. Es war verdammt heiß, und ich fühlte mich allein.

Ich fühlte mich verdammt allein.

THE END

NACHWORT

Die vielen Gesichter des Ed McBain oder Ein Liebesbrief, eine Million Worte lang

Sein Name ist McBain.

Ed McBain.

Allerdings: Ed McBain existiert gar nicht, der Name ist ein Pseudonym. Wie auch Curt Cannon ein Pseudonym ist. Oder Hunt Collins. Oder Richard Marsten. Oder John Abbott oder Ezra Hannon. Alles Namen eines Autors, der eigentlich Evan Hunter heißt. Namen eines Autors, der rund hundertzwanzig Romane mit einer Gesamtauflage von über hundert Millionen Exemplaren geschrieben hat, mehr als die Hälfte davon unter dem *pen name* Ed McBain. Und der unter diesem Namen einen Platz ganz oben in der Hall of Fame des modernen Kriminalromans einnimmt. »Zu sagen, Ed McBain sei ein Gigant unter den populären Autoren«, schrieb der amerikanische Krimiexperte John C. Carr einmal, »wäre etwa so, als würde man sagen, der Koloss von Rhodos sei ein recht gelungenes Stück kommunaler plastischer Kunst gewesen.«

»Dialoge, die einem den Atem verschlagen, Charaktere mit Herz und Charaktere, die diese Herzen aufspießen«, jubilierte sogar die altehrwürdige *New York Times*, und auch McBains Kollegen sind voller Anerkennung. »Ich habe noch nie einen McBain gelesen, ohne nicht das fürchterliche Gefühl zu haben, noch eine Menge lernen zu müssen«, sagte etwa Tony Hillerman. »Und immer wenn ich das Gefühl habe, aufzuholen, wird *er* noch besser.« Elmore Leonard pries McBains »grandiosen Stil, die starken Plots, die exzellenten Dialoge, das sichere Gefühl für seine Schauplätze und für die Wirklichkeit«.

McBains harter, auf jedes Abschweifen verzichtender Schreibstil ist zu seinem Markenzeichen geworden. Rasiermesserscharfe Dialoge, Sätze wie Hammerschläge – oder Schüsse –, die die Figuren konturieren und die Handlung voranpeitschen, dann wieder delirierende Gedankenketten über eine halbe Seite, ebenso knappe wie treffsichere Milieuminiaturen der Großstadt, in denen der Traum vom American Way of Life zerplatzt, Beschreibungen der Stadt, die für ihn immer »mehr war als nur Stahl und Beton«, die vor allem mit Einbruch der Nacht »zu einem lebendigen Organismus wurde mit einem Gedächtnis und einem Herzen«. The way things are: Für McBain sind die *mysteries* seiner Romane vor allem der rote Faden, an dem entlang er uns die Facetten unserer modernen Gesellschaft vorführt, wie sie nun mal ist.

McBain hat einmal erzählt, wie aus Evan Hunter Ed McBain wurde. »Ich hatte gerade meinen Roman *Cop Hater* [deutsche Titel: *Polizisten leben gefährlich*; *Blutiger Asphalt*] beendet, der der erste einer Serie über Cops werden sollte. Ich stand auf und ging hinüber in die Küche, wo meine damalige Frau gerade die Zwillinge fütterte oder mit irgendetwas anderem beschäftigt war, und ich sagte: Wie findest du McBain? Sie meinte, das klinge gut. Ich sagte: *Ed* McBain, und sie sagte: Gut, das ist wirklich gut! Der Name war mir aus heiterem Himmel eingefallen, und er klang für mich wie ein Name, den man mit jemandem in Verbindung bringen würde, der über Cops schreibt. Er klang ganz einfach richtig.« Fans haben später gemutmaßt, dass Hunter dabei vielleicht an *bane* – Fluch, Verderben – gedacht haben mochte, doch McBain kommentierte das nur mit einem knappen »Mag sein«, daran könne er sich nicht erinnern.

Auch eine andere Theorie wollte er nie bestätigen. Nämlich, dass er sich Evan Hunter nannte, weil er als Kind und Jugendlicher die *Evan*der Childs High School und das *Hunter* College besucht hatte. Denn auch Evan Hunter ist nicht McBains richtiger Name. Seine Eltern hatten ihn Salvatore getauft. Salvatore Albert Lombino. Doch als er dann mit dem Schreiben begann und seinen ersten Roman anbot, meinte sein Verleger, das Buch würde sich vermutlich besser verkaufen, wenn es unter einem amerikanisch klingenden Namen veröffentlicht würde. Und so wurde aus Salvatore A. Lombino Evan Hunter. Das war im Mai 1952.

Gut vierzig Jahre später – aus Hunter war längst McBain geworden – hat er sich an diese Zeit erinnert und diesen Moment seiner Biografie in einem Roman seiner inzwischen äußerst erfolgreichen Cop-Serie über das 87. Polizeirevier aufgegriffen. »Er gestand ihr eines Abends, dass er den Namen Salvatore nicht ausstehen konnte und ihn legal ändern lassen würde, sobald er dazu alt genug war«, heißt es ihn *Mischief* (deutsch: *Graffiti*). »Er war damals sechzehn, ein Jahr jünger als sie. Er würde sich einen guten amerikanischen Namen aussuchen, und dann würde er sich in den USA heimischer fühlen, obwohl schon seine Eltern hier geboren waren.«

Salvatore Albert Lombino also. So war der Junge getauft worden, der am 15. Oktober 1926 in New York City geboren wurde. Er kam in der 120. Straße zur Welt – auf einem Küchentisch –, und hier wurde er groß, zwischen der First und der Second Avenue. Italienisch-Harlem hieß das Viertel damals, bevor die Puerto-Ricaner kamen. »Es war keine verrufene Gegend. Es war zwar ein Getto, aber damals gab es noch keine Street Gangs. Für ein Kind war es recht behaglich, hier aufzuwachsen.« Seine Eltern und die Großmutter waren in den USA geboren, der Großvater kam aus Italien. »Wir waren arm, aber weil das schließlich jeder war, fiel es nicht weiter ins Gewicht.« Nach der Highschool erhielt Salvatore ein Stipendium für die Art Students League, dann setzte er seine Ausbildung an der künstlerisch ausgerichteten Cooper Union fort, in deren kleinem Park der vorliegende Roman mit dem Originaltitel *The Gutter and the Grave* aus dem Jahre 1958 beginnt und in dem er auch endet.

1944 trat er in die Navy ein und wurde nach Japan verschifft. An Bord eines Zerstörers verfasste er seine ersten Kurzgeschichten. Als er 1946 zurückkehrte, stand sein Entschluss fest: Er wollte Schriftsteller werden. Zunächst absolvierte er jedoch ein Studium am Hunter College in New York und arbeitete anschließend einige Zeit als Berufsschullehrer an der Bronx Vocational High School und in der legendären literarischen Agentur Scott Meredith. 1952 änderte er seinen Namen offiziell in Evan Hunter, veröffentlichte erste Kurzgeschichten und seinen ersten Roman, *The Evil Sleep (Schlaf der Vergessenen).* »Ich war sechsundzwanzig, noch fast ein Junge ... Ich hatte keine Ahnung, was für ein Wirbelwind nun folgen sollte.«

Evan Hunter hatte seine Profession gefunden und zeigte sich als erstaunlich produktiver Autor. 1954 landete er seinen ersten Bestseller: In *The Blackboard Jungle (Die Saat der Gewalt)* verarbeitete er seine kurzen, aber eindrücklichen Erfahrungen als Lehrer in einer schonungslosen Bloßstellung des amerikanischen Schulsystems. Das Drama um Halbstarke gilt als sein erster ausgereifter Roman und wurde ein Jahr nach Erscheinen von Richard Brooks mit Glenn Ford, Sidney Poitier und Vic Morrow in den Hauptrollen verfilmt – ein Film, der auch wegen seiner Titelmusik Geschichte schrieb, weil durch ihn Bill Haleys *Rock Around the Clock* zum Welterfolg wurde. Im Mai 1954 war der Song in die Top Thirty gelangt, schon nach einer Woche jedoch wieder aus den Charts verschwunden. Jetzt wurde er zur Hymne der Nachkriegsjugend und zum Ausdruck eines neuen Lebensgefühls – auch in Großbritannien, Australien und in Deutschland, wo Haleys Auftritte legendäre Saalschlachten in Berlin, Hamburg, Essen und Stuttgart auslösten und *Rock Around the Clock* die erste ausländische Platte wurde, die sich über eine Million Mal verkaufte. Damit hatte der Rock 'n' Roll seinen Siegeszug begonnen, noch bevor Elvis Presley auf den Plan getreten war (und Haley & the Comets bald abdrängte, worauf McBain in *The Gutter and the Grave* – der Film war gerade vier Jahre alt – eine bissige Anspielung platziert hat).

Der endgültige Durchbruch kam 1956. Herb Alexander, Cheflektor des amerikanischen Verlags Pocket Books, waren Hunters Romane aufgefallen. Er verabredete sich mit ihm zum Dinner und fragte Hunter, ob er sich vorstellen könne, gleich eine ganze Reihe von Kriminalromanen zu schreiben. »Ich habe dafür zwar keine Idee«, erwiderte der, »aber ich werde darüber nachdenken und melde mich wieder bei Ihnen.« Hunter kam bald zu dem Schluss, dass die Einzigen, die einen stichhaltigen Grund hatten, sich mit Mordfällen zu befassen, nicht Privatschnüffler, sondern Cops seien. »Ich möchte eine Serie über Cops schreiben«, ließ er Alexander wissen. »Aber über echte Cops, und ich will ein Team zum Helden machen.« Evan Hunter bekam einen Vertrag über drei Bände. Autor und Verlag beschlossen, diese unter einem neuen Pseudonym zu veröffentlichen. Hunters Frau gefiel McBain, also wurde es McBain.

Als noch im selben Jahr mit *Cop Hater* der erste Roman über das 87. Polizeirevier in der fiktiven amerikanischen Millionenstadt Isola – einem allegorischen New York City, für dessen Anatomie McBain einfach den Stadtplan von Manhattan auf den Kopf gedreht hatte – erschien, waren

Leser und Kritik gleichermaßen begeistert. Die *New York Times* nahm *Cop Hater* und gleich darauf dessen Nachfolger *The Mugger (Clifford dankt Ihnen)* in ihre Liste der besten Spannungsromane des Jahres 1956 auf. 1957 erhielt Hunter alias McBain den Edgar Allan Poe Award der Mystery Writers of America, 1959 wurden seine Romane als gebundene Ausgaben neu aufgelegt, und 1961 folgte eine erste Fernsehserie mit dreißig Folgen. Auch für mehrere Kinofilme, unter anderem in der Regie von Akira Kurosawa, Claude Chabrol und Martin Scorsese, haben McBains Romane über die Cops aus dem 87. Polizeirevier seitdem als Vorlage gedient.

Trotz des Erfolges schrieb McBain weitere Romane auch als Evan Hunter und unter anderen Pseudonymen sowie Drehbücher für Kinofilme – darunter 1963 *Die Vögel* für Alfred Hitchcock (über diese Zusammenarbeit veröffentlichte er 1997 das Buch *Me & Hitch*) – und das Fernsehen. 1978 begann er eine zweite Reihe um den in Florida ansässigen Anwalt Matthew Hope, und 1986 wurde Ed McBain alias Evan Hunter zum Grand Master der Mystery Writers of America ernannt – die höchste Auszeichnung, die einem Kriminalschriftsteller widerfahren kann. Als bis dahin einziger amerikanischer Autor erhielt er zudem 1998 den Diamond Dagger der British Crime Writers' Association. Und 2001 schließlich kam es sogar zu einer »Zusammenarbeit« zwischen Hunter und McBain: Der erste Teil des Romans *Candyland*, in dessen Mittelpunkt der manische Architekt Ben Thorpe steht, ist in dem eher transzendierenden Stil Hunters verfasst, der zweite, der die Ermittlungen der Polizistin Emma Boyle im Fall einer ermordeten Prostituierten in New York aus der Perspektive der Ermittlerin schildert, stammt von McBain.

Die Autorenfotos auf dem Backcover von *Candyland* zeigen zweimal denselben Mann. Einmal im schwarzen Anzug, einmal in Jeans und mit Baseballcap.

Mit seinen Geschichten um das 87. Polizeirevier, in denen kein Held im Mittelpunkt steht, sondern gleich ein ganzes Team von Ermittlern unterschiedlichen Charakters mit all ihren Vorlieben und Schwächen und Konflikten untereinander, hatte McBain eine ganz neue Variante des Kriminalromans begründet. Der *police procedural* hatte seinen Anfang schon 1945 mit Lawrence Treats *V as in Victim* genommen, aber aus einer Truppe von Cops einen menschelnden Mikrokosmos zu bilden, das war in den 1950er Jahren ein Novum, das bald auch das Fernsehen inspirieren sollte und bis heute inspiriert: Serien wie *Hill Street Blues* oder *NYPD Blue* basieren letztlich auf McBains Idee. Als 1999 mit *The Last Dance* der fünfzigste Band erschien, notierte das Branchenblatt *Publisher's Weekly*: »Der fünfzigste Roman um das 87. Polizeirevier ist einer der besten, ein melancholischer, bitterer Lobgesang auf das Leben – und auf den Tod. McBain zeigt sich in Höchstform, breitet die ganze Weisheit aus, die er während seiner über vierzigjährigen Arbeit gewonnen hat, und liefert einen Krimi, der ebenso kraftvoll pulsiert wie das Herz der amerikanischen Großstadt.«

»Mir ging es immer um ein realistisches Abbild des Lebens in der Großstadt«, hat McBain sein Herangehen an das Schreiben umrissen. »Ich wollte aufzeichnen, welchen Weg unsere Gesellschaft nimmt.« *The Gutter and the Grave*, ursprünglich unter dem Pseudonym Curt Cannon veröffentlicht, macht da keine Ausnahme und leuchtet in das New York der späten fünfziger Jahre. Der Krieg ist längst vergessen, die Konsumgesellschaft hat ihren Siegeszug noch nicht angetreten, man rasiert sich noch nass und muss sich erkundigen, ob jemand zu Hause einen Telefonanschluss hat. Es ist eine Zeit, die zwischen zwei Zeiten schwankt. Und es sitzt eine neue Generation Jugendlicher in den Startlöchern, die »nicht gerade die Berufe ihrer Väter ergreifen, den des

Schneiders oder Bäckers oder Schusters«, und die sich mitreißen lässt von der Musik – ihrer Musik.

Unter dem Titel *Tödliche Lügen* ist *The Gutter and the Grave* bereits 1959 auch in deutscher Übersetzung in der »Panther«-Reihe des Lehning Verlags erschienen – allerdings um nahezu ein Viertel gekürzt, da der Kriminalroman damals noch nicht als Literatur galt und man selbst Raymond Chandler auf das Standardformat von 128 Buchseiten für »Groschenromane« zusammenkürzte. Mit Ausnahme einiger Erwähnungen fiel dabei Matt Cordells Beziehung zu Toni McAllister so gut wie unter den Tisch. Die vorliegende Neuübersetzung darf folglich mit Fug und Recht als deutsche Erstveröffentlichung gelten.

The Gutter and the Grave ist ein klassischer *private eye*-Roman in der Tradition Hammetts und Chandlers, auch wenn McBain – er schrieb 1958 bereits seit zwei Jahren an seiner Serie um das 87. Polizeirevier – keinen Zweifel daran lässt, dass er Privatdetektive für ungeeignet hält, um Morde aufzuklären. »In dem Moment, wo Mord ins Spiel kommt, legt ein Detektiv in der Regel seine Rechnung auf den Tisch und verschwindet in der Wüstennacht«, sagt Cordell an einer Stelle. Die Kerle messen eins neunzig und haben breite Schultern, Whiskey ist ihnen bei Seelenschmerz »das beste Antiseptikum, das man sich denken kann«. Die Mädchen sind natürlich atemberaubend und blond ... Ach ja, die Frauen: Wie andere *hardboiled*-Autoren auch, so ist McBain gelegentlich des Chauvinismus beschuldigt worden. Ein Vorwurf, der sich kaum aufrecht erhalten lässt, denn seine Frauen sind bei genauem Lesen eine einzige Liebeserklärung an das weibliche Geschlecht; sie sehen nicht nur umwerfend aus, sie sind auch starke und selbstbewusste Charaktere, aufrecht und stolz. 1988 und 1989 betitelte er zwei Kurzgeschichtensammlungen mit *McBain's Ladies*.

Am 6. Juli 2005 starb Ed McBain alias Evan Hunter alias

Salvatore A. Lombino in Weston, Connecticut, an Kehlkopfkrebs. Sein Vermächtnis sind rund einhundertzwanzig Romane mit einer Gesamtauflage von über hundert Millionen Exemplaren.

»Ohne ihnen ein größeres Gewicht geben zu wollen, als sie es tragen könnten«, kommentierte der britische *The Guardian* in einem Nachruf, »betrachtet man McBains Romane am besten als gewaltige Saga, die mit enormer erzählerischer Kraft die Miseren des modernen Lebens schildert. Oder vielleicht sind sie auch einfach nur ein Liebesbrief, eine Million Worte lang, an die Stadt: New York City an vorderster Stelle, aber damit auch jede andere amerikanische Stadt.«

Liebesbeziehungen haben in McBains Romanen nie ewig gehalten.

Irgendwann kam immer der Tod dazwischen.

Andreas C. Knigge
Mariou (Kreta), im Oktober 2008